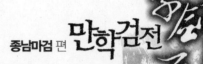

종남마검 편 **만학검전**

FANTASTIC ORIENTAL HEROES

한성수 新무협 판타지 소설

만학검전(晚學劍展) 3

초판 1쇄 찍은 날 § 2017년 10월 12일
초판 1쇄 펴낸 날 § 2017년 10월 19일

지은이 § 한성수
펴낸이 § 서경석

총괄팀장 § 최하나
편집 § 김경민 이종식

펴낸곳 § 도서출판 청어람
등록번호 § 제387-1999-000006호
등록일자 § 1999. 5. 31
어람번호 § 제2-2724호

주소 § 경기도 부천시 부일로 483번길 40 서경B/D 3F (우) 14640
전화 § 032-656-4452 팩스 § 032-656-4453
http://www.chungeoram.com
E-mail § chungeorambook@daum.net

ISBN 979-11-04-91477-5 04810
ISBN 979-11-04-91455-3 (세트)

만학검전 종남마검 편

FANTASTIC ORIENTAL HEROES

한성수 新무협 판타지 소설

③

청어람
도서출판

만학검전

종남마검 편

目次

第一章

예기치 못했던 살육극과 맞닥뜨리다!

세상 사람에게 묻노니, 정이란 무엇이기에 생사를 가늠하게 하는가.

하늘과 땅을 가로지르는 저 새야, 지친 날개 위로 추위와 더위를 몇 번이나 겪었던고.

만남의 기쁨과 이별의 고통 속에 헤매는 어리석은 여인이 있었네.

님께서 말이나 하련만, 아득한 만 리에 구름만 첩첩이 보이고……

해가 지고 온 산에 눈 내리면 외로운 그림자 누굴 찾아 날아갈거나.

분수(汾水)의 물가를 가로 날아도 그때 피리와 북소리 적막하고 초나라엔 거친 연기 의구하네.

초혼가를 불러도 탄식을 금하지 못하겠고 산귀신도 비바람 속에 몰래 흐느끼는구나.

하늘도 질투하는지 더불어 믿지 못할 것을……

꾀꼬리와 제비도 황토에 묻혔네.

천추만고에 어느 시인을 기다려 머물렀다가 취하도록 술 마시고 미친 듯이 노래 부르며 기러기 무덤이나 찾아올 것을.

"으음, 그러니까 이 가사는 금나라 황제 장종(章宗) 태화(泰和) 5년에 쓰여진 원호문의 안구사(雁丘詞)이다. 당시 원호문은 나처럼 병주(幷州)로 과거를 보러 가는 중이었는데, 길에서 우연히 기러기를 잡는 사람을 만났던 것이다. 그, 그때……."

이현은 바람같이 순양으로 향하는 관도를 내달리면서 연신 책장을 넘겼다.

현재 그가 외우고 있는 건 금나라의 유명한 시인 원호문의 '매파당'이란 시집이었다. 북궁창성이 그에게 준비해 준 예상 시험문제 중 아직 외우지 못한 부분을 마지막까지 포기하지 않으려 노력하고 있는 것이다.

"…그 사람이 원호문에게 이, 이렇게 말했다."

내가 기러기 한 쌍을 잡았는데 한 마리는 죽었고, 한 마리는 그물을 피해 도망을 쳐서 살았습니다. 그런데 살아남은 기러기가 도망가지 않고 배회하며 울다가 땅에 머리를 찧고 자살해 버리는 게 아니겠습니까?

"워, 원호문은 이 이야기에 감동되어 죽은 한 쌍의 기러기를 사서 분수(汾水) 물가에 묻어주었다. 그곳에 돌을 쌓은 후 기러기의 무덤이란 뜻으로 '안구(雁丘)'라 칭한 것이다. 그리고 그게 바로 매파당 시집에 실린 안구사인 것이니라!"

시를 읊고 그 속에 담긴 사연과 내용까지 달달 외우는 이현의 얼굴에 살짝 경련이 스쳐 갔다.

정말 감동적인 시.

감동적인 사연이었다.

만약 평상시 같았다면 잠시 시를 음미하며 원호문과 한 쌍의 기러기를 생각하는 시간을 보냈을지도 모르겠다.

하지만 지금 이현은 바빴다.

감동적인 안구사조차 그냥 예상 시험문제의 하나일 뿐이었다.

머리로 생각하는 것?

그딴 건 전혀 필요치 않았다.

그저 외워야만 한다!

무조건 북궁창성이 만들어 준 예상 시험문제와 필수 문항이 '반드시' 들어간 모범 답안을 머릿속에 욱여넣어야 했다. 다른 어떤 시험보다 대과의 첫 관문인 초시는 학문의 기초적인 지식과 모범 답안 작성을 가장 크게 보기 때문이었다.

이건 목연의 수업과는 좀 궤를 달리한다.

목연은 항상 기초적인 학문의 수련을 중시하면서도 창의적인 해석에 수업 비중을 높게 두고 있었다. 공자와 맹자를 비롯한 여러 성현들의 말씀에 대한 해석에 많은 부분을 학생들에게 열어두고 공부하게 한 것이다.

그래서 그녀는 수업 시간 중 꽤 많은 시간을 학생들 간의 토론에 할애했다. 학생들로 하여금 스스로 성현이 되어서 여러 가지 학문적인 사안을 직접 생각하고, 결정 내리게끔 이끌었다.

덕분에 이현은 숭인학관에 들어온 후 처음으로 조금이나마 글공부에 흥미를 느낄 수 있었다.

기적 같은 일!

어린 시절 그로 하여금 야반도주하게 만들었던 부친 이정명의 외우기 위주의 수업이 아니기에 가능한 일이었다.

그러나 지금은 목연의 수업을 부인해야만 했다. 그녀에게 배운 걸 죄다 잊어버려야만 했다.

오로지 외우고 또 외우기만 몰두해야만 한다. 그게 북궁창성과 이현이 함께 머리를 맞대고 짜낸 초시 합격의 필승법이었기 때문이다.

그렇게 이현이 평생 중 가장 증오했던 단순 암기에 전력을 쏟으며 관도 위를 내달릴 때였다.

저 멀리!

갑자기 뽀얀 흙먼지가 뭉게구름처럼 일어나고 있었다. 흡사 대막의 모래바람을 보는 듯한 모습이다.

'엉?'

이현은 눈살을 가볍게 찌푸려 보였다.

자연스럽게 그렇게 되었다.

뭉게구름을 이룬 흙먼지!

그 속에서 족히 수백이 넘는 말발굽 소리가 들려왔다.

'군사훈련이라도 하는 건가? 하지만 그렇다고 하기엔 지축을 울리고 있는 말발굽 소리가 완전히 제멋대로인데? 게다가 말발굽 소리 사이로 흘러넘치는 건… 공포다!'

이현의 찌푸려졌던 눈에서 맹렬한 신광이 일어났다.

그리고 그와 동시였다.

"아악!"

"아아악!"

말발굽 소리를 뚫고 비명이 터져 나온 순간, 이현의 발끝이 땅을 강하게 내디뎠다.

급가속!

방금 전까지 열공을 위해 적당히 펼치고 있던 잠영보가 은하유영비로 바뀌었다. 그가 내달리고 있던 청양과 순양 사이의 관도에서 지금 예기치 못한 살육극이 벌어지고 있음을 눈치챘기 때문이다.

*   *   *

"아악!"

"으아악!"

마왕마적대가 휩쓸고 지나갈 때마다 처절한 비명성이 터져나왔다.

방화! 약탈! 살육!

그 모든 것이 마왕마적대가 가장 잘하는 것들이었다.

특히 때리면 때리는 대로 맞고… 괴롭히면 괴롭히는 대로 당하는…….

눈앞의 순한 양 떼나 다름없는 민간인들을 만났을 때 마왕마적대는 무척 신났다. 정말 즐거운 마음으로 약자들을 괴롭히고, 죽이고, 약탈했다.

그들 중 어느 누구도 손톱 끝만큼의 망설임이나 주저함을 보이지 않았다. 본래 이런 짓을 마음껏 하기 위해 호북성에서 섬서성으로 넘어왔다. 이제 와서 집단적으로 본성이 바뀌었을 리 만무했다.

"크하하하핫!"

"우헤헤헤헷!"

마왕마적대는 대도를 휘둘러서 사람의 목을 베었고, 창끝에 내장을 줄줄 매달고서 이리저리 휘둘러 댔다.

부녀자들의 운명은 가장 참혹했다.

젊은 여자, 늙은 여자, 어린 여자……

모두 마왕마적대에겐 음욕의 대상이었다.

"으흐흑!"

"아흐흑!"

여기저기에서 여인들은 마왕마적대에게 쫓겨 도망 다니다 붙잡혀서 옷이 벗겨졌다. 단체로 겁간을 당할 처지가 되어버린 것이다.

신마맹 마궁철기대 대주 신궁령주!

그가 내린 명령을 기억하는 자들은 이미 아무도 없는 것 같았다. 언제 청양으로 달려가서 그곳을 쑥대밭으로 만들려는지 하나같이 제 욕심을 챙기는 데만 급급해 보인다.

그것도 무리는 아니다.

태생부터가 불한당들의 모임인 마왕마적대였다.

질적으로 산적이나 혹도 패거리보다 훨씬 흉악하고 생각이 없는 자들이 모였다고 할 수 있었다. 하나같이 오늘만 사는 삶에 익숙했다.

그런 자들이 무당파에 의해 호북성에서 쫓겨난 후 꽤 오랫동안 평리 산속에서 숨을 죽이고 지내야만 했다. 갑작스레 결정된 이번 출정은 그야말로 목마른 자가 우물을 만난 것이나 다름없다고 할 수 있었다.

덕분에 근거지인 평리에서 이곳까지 오는 동안 마왕마적대는 이미 몇 개나 되는 마을을 초토화시켰다. 진격을 하던 와중 눈에 보이는 족족 남자는 죽이고, 여자는 강간하고, 재물은 약탈하고, 집은 방화했던 것이다.

그리고 이번 마을 역시 달라진 건 없었다.

한차례 돌격으로 쑥대밭을 만든 후 재밌게 약탈과 살육을 저지르고 있었다. 역시 청양에는 조금 있다가 가봐야 할 것 같았다.

마왕마적대 모두 같은 마음이었다.

이의를 제기하는 자는 단 한 명도 없었다.

그런데 갑자기 상황이 바뀌었다. 평리를 떠난 후 단 한 번도 없던 일이 마왕마적대에 벌어지기 시작한 것이다.

픽!

울부짖다 지쳐 반쯤 넋이 나간 여자를 질질 끌고 가던 자가 갑자기 웃는 표정 그대로 바닥에 고꾸라졌다.

퍼억!

그와 함께 폭발하듯 터진 머리통!

조금 늦게 커다란 몸에서 경련이 일었다. 얼마나 순식간에 머리가 박살 났는지 아직 신경이 완전히 끊기지 않은 것이다.

퍼퍽!

이어서 방금 죽인 양민의 머리통을 걷어차며 낄낄대던 자의 양 팔이 절단되어 바닥에 떨어져 내렸다.

"으악! 으아아악!"

뒤늦게 비명을 터뜨렸으나 그마저도 오래가진 못했다.

픽!

그의 머리가 잘 익은 수박처럼 쪼개졌다. 조금 전 양팔을 절단시킨 한 개의 돌멩이에 의해서.

"뭐, 뭐야?"

"무슨 일이 생긴 거야?"

피와 살육에 도취되어 있던 마왕마적대 사이에서 대혼란이 벌어졌다.

갑자기 날아든 몇 개의 돌멩이!

어디에서나 볼 수 있던 평범한 돌멩이에 마왕마적대의 십마적 중 세 명이 즉사했다. 마왕마적대의 최고 고수 세 명의 죽음치고는 어이없을 만큼 허무한 최후였다.

그러나 이건 시작에 불과했다.

픽!

퍼퍽! 픽! 픽!

다시 돌멩이가 날아들었고, 여지없이 마왕마적대의 십마적은 목숨을 잃었다. 어떻게 알았는지 기가 막힐 만큼 정확하게 돌멩이는 십마적의 목숨만을 노렸다.

그렇게 순식간에 십마적 중 일곱 명이 죽었다.

마왕마적대의 수뇌부가 몰살당할 위기에 처한 것이다.

그러자 십마적의 우두머리이자 실질적인 마왕마적대의 대두령 대흉적이 재빨리 목청을 높였다.

"적습이다! 당장 말에 올라타서 원진(圓陣)을 펼쳐라! 한군데 모여 있다간 몰살을 당한다!"

"원진!"

"원진을 펼치자!"

마왕마적대가 허겁지겁 자신의 말을 찾아서 뛰어갔다. 대흉적의 말대로 노략질하던 마을을 중심으로 둥글게 원진을 펼치려는 의도였다.

그러나 그때 다시 마왕마적대를 깜짝 놀라게 할 일이 벌어졌다.

히히히히힝!

우두두두두!

마왕마적대의 수족과 같던 말들이 미쳐 날뛰기 시작했다. 입에서 게거품을 마구 뿜어내며 사방으로 뛰어다녔다. 주인이고 뭐고 눈에 보이는 게 없는 것처럼 마구 들이받고, 뒷발로 걷어차며 난장판을 벌였다.

그러니 대흉적의 명령대로 원진이 제대로 펼쳐질 수 있을 리 만무했다.

아예 시작조차 하지 못했다.

순식간에 괴멸적인 타격을 받은 것이다.

"좆 됐다!"

대흉적이 원진이 시작도 되기 전에 붕괴되는 걸 보고 욕설을 내뱉었다.

이런 일, 처음이다!

무당파의 최정예라는 진무각의 칠성검수들에게 쫓길 때도 이 정도로 심한 꼴은 당한 적이 없었다. 마적대답게 말과 하나가 되어 몰려다녔기 때문이다.

그가 이끄는 마왕마적대!

공격이나 후퇴나 항상 질풍과 같았다. 이렇게 말 위에 제대로 올라타기도 전에 기습을 당해서 괴멸적인 타격을 당하는 건 상상조차 해본 적이 없는 일이었다.

그래서 대흉적은 휘하의 심복들과 함께 도망가려고 했다.

연신 울려 퍼지는 비명성!

마왕마적대가 하나하나 죽어나가고 있었다!

정체조차 모르는 고수에게 목숨과도 같은 말을 잃어버리고, 우왕좌왕하다 비참하게 죽어갔다. 기본적인 원진조차 펼치지 못하고 그렇게 되었다.

대흉적은 바로 깨달았다.

'고수다! 예전에 신마맹에서 나왔던 자들처럼 무시무시한 고수들에게 기습을 당하고 말았어!'

아쉽고, 또 아쉬웠다.

여기서 마을을 발견해 약탈만 하지 않았다면…….

마을을 불 지르고, 마음껏 살육하고, 여자들을 강간하는 데 정신만 팔리지 않았다면…….

전열을 완벽하게 갖춘 상태의 마왕마적대였다면…….

어떠한 대문파의 고수들이라 해도 이렇게 일방적으로 발리진 않았을 터였다. 어떻게든 싸움을 마상 전투로 몰아붙여서 적들에게 강력한 타격을 입힐 수 있었을 것이다.

그리되면 자연스레 활로 역시 뚫렸을 게 분명하다.

과거 무당파의 칠성검수들을 상대로 벌였던 싸움처럼 말

이다.

하지만 이젠 어차피 죽은 자식 거시기 만지기였다.

전열이 완전히 무너진 상태에서 이런 기습을 당한 이상 전세는 아직 정체조차 파악 못 한 고수에게 완전히 넘어가 버렸다. 마왕마적대에게 더 이상 반전의 수는 남아 있지 않은 것이다.

그래서 대흉적은 재빨리 말 머리를 돌렸다.

그의 주변에 따라붙은 심복의 숫자, 고작해야 삼십여 기가 전부!

거의 9할이 넘는 숫자의 마왕마적대는 미쳐 날뛰는 자신들의 말과 씨름하다 죽거나 부상당해 나뒹굴고 있었다. 어느 누구 하나 혼란을 떨치고 원진을 구성하려는 의지조차 보이지 못한 채 아비규환에 빠져 버렸다.

그때 미쳐 날뛰는 말들 사이로 기묘한 방법으로 기마를 하며 마왕마적대를 향해 돌진해 오는 사나이가 모습을 드러냈다.

관외의 전신 파천폭풍참 악영인!

바로 그였다.

그는 두 마리의 말을 밧줄로 묶어서 말 머리를 함께한 채 내달리게 하고 있었다.

북송 시대에 유행했던 연환마상진의 일종의 변형!

악영인은 두 마리 말 사이를 곡예하듯 오고 가며 맹렬하게 창을 휘둘러 댔다. 두 마리 말과 함께 아비규환 상태의 마왕 마적대 중앙부로 돌진해 들어와 순식간에 수십 명의 목을 잘라 버린 것이다.

그 모습은 그야말로 삼국지의 맹장 상산 조자룡의 재림!

수중의 장창을 종횡무진 휘둘러서 마왕마적대를 마구 베어 넘기는 모습은 조자룡이 유비의 아들 아두를 구하기 위해 조조의 수십만 대군을 상대로 맹활약한 장판파의 일화를 떠올리게 했다.

물론 이는 이야기 속의 일화다.

진짜 조자룡이 그런 놀라운 맹위를 떨쳤는지는 누구도 모른다. 그냥 그러려니 할 뿐이다.

그에 반해 악영인의 무용(武勇)은 하늘에서 떨어져 내린 신장(神將)을 보는 듯했다. 그의 창이 일으키는 살풍에 마왕마적대는 오늘 멸망을 맞을 것이 틀림없었다.

대흉적이 놀라서 몸을 떨며 소리쳤다.

"어, 어디서 저런 놈이 뛰쳐나온 것이냐!"

"대두령, 이러다간 형제들이 몽땅 저놈의 창에 죽겠습니다! 당장 형제들을 구하러 가야 하지 않겠습니까?"

"이 멍청한 놈아! 저런 무지막지한 놈한테서 우리가 무슨 수로 형제들을 구할 수 있겠느냐?"

"그래 봤자 한 놈이 아닙니까? 처음엔 말들이 미쳐 날뛰는 걸 보고 엄청난 숫자의 적에게 기습을 당했다고 겁을 먹었는데, 지금 보니 저놈 하나밖엔 보이지 않습니다!"

"뭐? 그게 말이 되느냐!"

자신의 부관을 책망하고 조자룡 같은 신위를 자랑하는 악영인을 바라본 대흉적의 눈에서 시퍼런 광망이 일었다. 부관의 말대로 마왕마적대 사이를 휘젓고 다니는 악영인은 혼자뿐이었다. 마왕마적대 사이로 뛰어든 지 한참이 되었는데, 특별히 그와 호응하는 적의 모습은 보이지 않았다.

그렇다면 얘기가 달라진다.

전혀 다른 방향으로 전개되게 된 것이다.

'놀라운 기마술에 무서운 창 솜씨다! 만약 내가 저놈하고 일기토를 벌인다면 삼 합도 감당치 못하고 저 창에 목이 날아갈지도 모르겠어! 하지만……'

생긴 모습과 달리 꼼꼼하게 악영인의 모습을 관찰한 대흉적이 내심 고개를 가로저었다.

'…저놈은 기마술에 능숙하긴 하나 기마병과 기마병이 맞붙는 대규모 전투는 별로 경험해 보지 못한 게 분명하다! 그렇지 않다면 저렇게 스스로 기마의 힘을 축소하는 바보짓은 하지 않았을 테니까!'

대흉적이 관찰한 악영인의 전투!

분명 치명적인 약점이 존재했다. 말을 타고서 싸우는 데 능숙한 것에 반해 기마병의 힘을 극대화시키는 것과는 완전히 반대의 싸움을 벌이고 있었기 때문이다.

그리고 그런 적이 단 혼자라면?

생각이 그 지점에 도달했을 때 대흉적은 그리 길게 고민하지 않았다.

앞서 밝혔듯이 마왕마적대가 최상의 상태일 때!

무당파의 총아라 불리는 칠성검수들조차 두렵지 않았다.

단 한 명!

제대로 된 기마병술조차 모르는 자가 무서워 도망칠 수는 없었다.

"가자!"

"우오!"

"우오오오!"

대흉적의 공격 신호에 그를 따르는 친위병들이 울부짖음에 가까운 괴성을 터뜨렸다.

그들 역시 대흉적과 같은 마음, 같은 생각이었다.

단 한 명의 적이 무서워서 도망칠 마음은 조금도 없었다.

하지만 그들 중 누구도 알지 못했다.

기본적인 기마병술조차 모르는 듯 보이는 자가 누구보다

많은 기마전을 경험한 관외의 검은 폭풍 혈사대 대주였음을. 그리고 그런 자가 이런 행동을 보이는 데는 반드시 합당한 이유가 있었음을 말이다.

*　　　　*　　　　*

'늦게도 오네? 생긴 것하곤 다르게 겁이 많나?'

악영인은 연신 수중의 창을 휘둘러 대며 힐끔 시선을 동쪽으로 던졌다.

대흉적이 이끄는 삽십여 기 정도의 마적대!

아마 지금 악영인이 초토화시키고 있는 마왕마적대의 핵심일 터였다. 그들만이 마을을 약탈하던 와중에도 일정 이상의 전열을 유지하고 있었기 때문이다.

그게 악영인의 고민거리였다.

본래 그는 대과 1차 시험인 초시를 보기 위해 며칠 앞서 순양으로 출발한 숭인학관의 선발대에 속했다. 청양에서 3백 리나 떨어진 순양에 미리 도착해서 시험을 대비하기 위함이었다.

당연히 악영인은 숭인학관에 이현과 끝까지 남고 싶었다. 어차피 그에게 있어선 대과보다 이현이 더욱 관심 있는 대상이었기 때문이다.

그러나 이현의 태도는 달랐다.

그는 단호하게 숭인학관에서 악영인을 쫓아냈다. 다른 선발대와 함께 먼저 순양으로 떠나가게 만든 것이다.

이유는 뻔하다.

북궁창성과 함께하는 시험 막바지 벼락치기 공부!

이현으로선 결코 방해를 받아선 안 됐다.

특히 악영인이 두 사람 사이에 끼어들 여지를 줄 수 없었다. 그의 성정상 반드시 뭔가 이유를 만들어서 시험공부를 방해할 게 뻔했기 때문이다.

그래서 시험 당일인 오늘 악영인은 뭔가 이현에게 복수하고 싶었다. 중간에 그를 마중 나와서 적당히 정신을 혼란스럽게 만들어서 시험을 망치게 할 심산이었다.

하나 세상일이란 게 항상 뜻대로 돌아가진 않는다.

그는 이현을 만나기 전 우연찮게 마왕마적대가 저지른 참상을 목격했다. 그들에게 처참하게 약탈당하고, 살육당하고, 강간당할 위험에 빠진 민간인들을 보고 말았다.

피가 거꾸로 치솟는 느낌!

오랜만에 감정적인 폭발을 느낀 악영인은 곧바로 결심했다.

눈앞의 마왕마적대를 모조리 몰살시키기로 말이다.

하지만 마왕마적대에 기습전을 펼쳐서 토벌하는 건 어렵지 않으나 몽땅 죽이는 건 결코 간단치 않았다. 말을 탄 자가 삼백여 명이나 되니, 전력으로 도망친다면 반드시 몇 명 정도는 놓칠 수밖에 없었다.

관외의 전투에서도 그런 일은 비일비재했다.

어쩔 수 없는 일이다.

그가 이끄는 혈사대는 관외를 통해 국경선을 넘나들며 노략질을 하는 이족의 병사나 마적대를 막는 게 목적이었다. 그들을 하나도 남기지 않고 죽여야 될 이유는 없는 것이다.

당연히 대부분의 전투에서 악영인은 혈사대를 이끌면서 합리적인 선택을 해왔다.

전투에 들어갈 시, 항상 최선두로 나서서 우두머리를 죽이고 본진을 괴멸시켜서 빠르게 승부를 갈랐고, 도망가는 적은 결코 쫓지 않았다.

승부가 결정된 전투에 굳이 더 힘을 소모해서 아군의 피해와 피로도를 높일 이유가 없다는 판단이었다.

그게 악영인이 관외에서 벌여왔던 싸움이었다! 전투였다!

그러나 이번은 사정이 다르다.

언제나 먹을 것이 부족했기에 약탈에 나서지 않으면 굶어죽는 관외와 달리 이곳은 중원 한복판이었다. 삭막한 모래 바람만이 불어오는 관외와 비교할 수 없을 만큼 물자가 풍부했고, 사람들은 평화로웠다.

이렇게 관외에서도 흔치 않은 참극이 벌어질 이유가 없었다.

인세에 존재해선 안 될 마왕마적대가 없었다면 말이다.

그래서 악영인은 전투에 대한 평상시의 지론을 머릿속에서 지우기로 했다. 눈앞의 악의 종자들을 단 한 명도 남기지 않고 몰살시켜 버리기로 작정한 것이다.

그러기 위해 그는 치밀한 준비를 했다.

첫 번째, 방심한 마왕마적대의 수뇌부 암살과 외곽 때리기!

두 번째, 말들을 발광하게 만들어서 적의 기동력을 떨어뜨리기!

그리고 마지막 세 번째로 그는 일부러 적의 한가운데로 뛰어들었다. 자칫하면 원진을 구성한 마왕마적대에게 포위 공격을 당할 위험성을 내포하고 공격에 나선 것이다.

당연히 이는 그를 따르던 혈사대의 대원들이 봤다면 기함을 터뜨렸을 정도로 무모한 짓이었다.

그러나 그들은 곧 두려움으로 온몸을 덜덜 떨게 되었으리라!

자신들의 대주 악영인이 합리적인 전투를 포기한 이유가 바로 적을 단 한 명도 살려두지 않고 몰살시키겠다는 선포임을 깨닫고서 말이다.

곁눈질을 하던 와중에도 악영인은 수중의 장창을 휘두르길 결코 게을리 하지 않았다. 그의 장창이 번뜩일 때마다 하나의 머리통이 하늘로 날아올랐다.

보통 꿰뚫기에 용이한 병기가 장창!

그의 악가신창술은 온통 베어내고, 때리기에 집중되고 있었다. 마왕마적대를 가장 쉽고 빠르게 죽이기 위함이었다.

그렇게 3백 명에 이르던 마왕마적대는 단숨에 2백 명 안팎까지 줄어들었다. 만약 악영인이 바로 중심부로 뛰어들지 않고, 외곽 때리기에만 중점을 뒀다면 이미 전투는 종결되었을 터였다. 마왕마적대의 대부분이 저항하길 포기하고 도주하거나 항복했을 테니까 말이다.

물론 그건 악영인이 바라는 바가 아니었다.

그는 자신이 압도적인 무위를 발휘하는 상황에서도 마왕마적대가 끝까지 저항을 포기하지 않길 바랐다. 그들에게 자신들이 악영인을 포위해서 죽일 수도 있다는 헛된 희망을 계속 갖게 만들려 했다.

그래야 아무런 거리낌 없이 모조리 죽여 버릴 수 있을 테니까.

그런데 바로 그때 갑자기 전장이 완전히 바뀌었다.

돌변했다.

쾅! 쾅! 쾅! 쾅!

하늘에서 연달아 벼락이 떨어져 내리는 듯한 굉음이 일며 악영인을 포위 공격하던 마왕마적대 십여 명이 날아갔다. 피떡이 되어 바닥을 나뒹군 것이다.

이유는 곧 밝혀졌다.

순간, 벼락성과 함께 하늘에서 떨어져 내린 이현!

그의 양손이 다시 사방으로 휘둘러지니, 다시 십여 명의 마왕마적대가 박살 났다.

가히 폭풍 그 자체의 신위!

삽시간에 악영인을 포위 공격하던 마왕마적대 전체에 싸늘한 침묵이 흘러넘쳤다.

고작 단 한 명?

함정이었다! 완벽한 함정!

"으아아아아!"

"우아아아아!"

언제 악영인을 향해 죽자사자 달려들었냐는 듯 마왕마적대가 공포에 질려 사방으로 달아났다.

말이 있는 자들은 말에 올라타고, 말이 없는 자들은 그냥 혼자서 내달렸다. 어떤 형태의 명령 체계도 이미 그들에겐 남아 있지 않았다.

완벽한 패잔병!

딱 그와 같은 모습으로 마왕마적대는 모조리 도망갔다. 삽시간에 악영인이 계획했던 몰살계가 산산조각 나버린 것이다.

"형님……!"

악영인이 원망스럽게 이현을 부르자 그가 의아한 표정으로 고개를 갸웃해 보였다.

"왜?"

"저놈들이 다 달아나지 않습니까?"

"그래서?"

"저놈들은 단 하나도 살려둬선 안 될 놈들입니다! 이런 짓을 벌인 놈들을 절대 살려둘 수 없단 말입니다!"

"……."

이현이 비로소 마왕마적대에 의해 초토화가 된 마을을 바라봤다.

참담하다! 참혹하다!

그 외엔 어떤 말도 나오지 않는다.

그만큼 마왕마적대에 약탈당한 마을의 상태는 끔찍했다.

이현이 고개를 끄덕였다.

"다 죽여야겠네!"

"다 죽여야지요! 그런데 형님 때문에 망했습니다! 애써서 제 쪽으로 몽땅 몰려들게 만들었는데 형님이 갑자기 하늘에서 떨어져 가지고는 이 난리를 쳐놨으니……."

"시끄럽고!"

악영인의 잔소리를 중간에 차단시킨 이현이 사방으로 도망간 마왕마적대 중 몇 무리를 손가락으로 가리켰다.

"네가 저기 두어 무리만 맡아라! 나머지는 내가 몽땅 죽일 테니까."

"…예?"

악영인이 어이없다는 표정으로 쳐다본 순간 이현이 바닥에 나뒹굴던 대도와 철퇴 하나씩을 집어 들었다.

천천히 무게를 가늠해 본다.

꽤 오랜만에 병장기를 손에 쥐었기 때문이다.

그러나 마검협에게 있어서 이런 일은 그리 어색하진 않았다. 출종남천하마검행 당시 온갖 종류의 싸움을 다 경험해 본 바 있었으니까.

슥!

순간 그가 지축을 박차고 쏜살같이 날아올랐다.

등장과 다름없는 갑작스러운 퇴장?

아니다!

퇴장이 아니라 추격이었다!

그는 악영인에게 한 말을 지키기 위해 오랜만에 자신의 전력을 발휘해 보기로 했다. 제 놈들이 한 행동은 생각지도 않고 꽁무니가 빠져라 달아나는 마왕마적대에게 죄에 대한 대가를 반드시 안겨줄 작정이었다.

"아, 정말!"

악영인이 자신도 모르게 발을 굴러 보이고 문득 입가에 흐릿한 미소를 매달았다.

이현의 이런 모습, 그리 싫지 않다.

관외의 전장!

야차와 아수라가 사는 그곳에서 그와 만났으면 한다. 오늘처럼 함께 피를 흠뻑 뒤집어쓴 채 싸우고, 독한 술을 밤새 나눠 마실 수 있을 테니까.

"그럼 나도 가볼까?"

이현이 손가락으로 가리킨 방향을 눈으로 확인한 악영인이 수중의 장창을 단단히 꼬나 쥐었다.

도망가겠다고?

관외의 전신 파천폭풍창 악영인에게서?

웃기는 소리다!

추격전?

악영인의 주특기 중 하나다. 특히 이렇게 잔뜩 전의와 흥취가 고취되었을 때는 더욱더 말이다.

슉!

순간적으로 악영인이 신형을 날렸다. 악가비천행을 전력으로 발휘해서 추격전에 들어갔다. 아직 마왕마적대를 몰살시키는 걸 포기하지 않았다. 그럴 마음 따윈 전혀 없었다.

第二章

강호를 거니는 자! 피 빚은 피로 갚는다!

두두두두두!

대흉적과 그의 휘하 친위병들은 전력을 다해 도주하고 있었다.

흙먼지가 가득한 얼굴!

대흉적과 친위병들은 모두 두려움과 공포로 완벽하게 질려 있었다. 악영인이 혼자란 걸 알고 잔뜩 고무됐던 것과는 완전히 달라진 변화였다.

사실 좀 이상하다.

그들은 방금 전 분명히 휘하의 친위병과 함께 악영인을 공격해 들어가고 있었다. 중간에 이현이 등장했을 때 이미 거의 부근까지 돌격해 들어온 상황이었던 것이다.

그런데 지금 그들은 꽁무니가 빠지게 도주하고 있었다.

다른 마왕마적대와 비교해도 지나칠 정도로 빠르고 멀리 도주해 왔다. 이현이 하늘에서 떨어져 내리고 얼마 지나지 않아 곧바로 말 머리를 돌려 도주에 나섰기에 가능한 일이었다.

어째서 그랬던 것일까?

연신 말에 채찍을 휘두르며 앞서 달려가고 있는 대흉적을 따르며 그의 부관 천이(天耳) 운칠은 문득 욱신거리는 자신의 왼손을 펴 보였다.

세 개.

보통 사람과 달리 그의 왼 손가락은 단지 세 개만 남아 있었다. 소지와 약지가 몇 년 전 잘렸기 때문이다.

'그 목소리! 그 거칠 것 없는 손속! 분명 그 사람이다! 그 사람 외에 그런 굉장한 소리의 무공을 펼치는 자는 무림에서 본 적이 없어!'

그 사람!

운칠의 손가락 두 개를 자른 자다.

과거 그가 마왕마적대의 대두령 대흉적을 따라다니는 부관이 아니라 강호의 흑도 검객 천이쾌검이었을 때 만났던 자.

종남파 제자 이현!

이현이 아직 출종남천하마검행으로 마검협이란 무명을 얻기 전의 일이다. 그는 젊은 나이에 이미 종남파의 떠오르는 태양 같은 신진고수로 명성을 높이고 있었다.

그때 천이쾌검 운칠은 이현이 우연찮게 벌인 싸움에 휘말려 들었다.

적과 적으로서가 아니다.

무림을 횡행하며 무수히 많은 부녀자들을 농락하고 혹세무민한 사이비 종교의 색마 교주와 이현의 싸움에 운도 없이 휩쓸린 것이다.

싸움은 치열했다.

색마 교주에게는 무수히 많은 광신도가 있었다.

그들은 온갖 비열하고 끔찍한 방법으로 이현을 공격했다.

단지 무공이 강하다 하여 이겨낼 수 있는 상대가 아니었다.

흑도에 속한 천이쾌검 운칠조차 질겁을 할 만한 수법이 연달아 등장했다. 사람으로서 생각해 내기 힘든 기상천외한 방법으로 색마 교주는 이현을 공격했다.

하나 그 시절부터 이현은 강했다.

무공만 강한 게 아니라 정신적으로도 극강했다.

그는 자신을 공격한 광신도들을 결코 봐주지 않았다. 그들을 범죄의 피해자로 여기다 죽은 다른 정파 무림인들의 전철을 밟지 않았다.

그는 처음부터 작심한 듯 철저하게 사이비 교단을 붕괴시켰다.

광신도들의 공격에 단호히 응징했다.

아니, 응징 정도가 아니다.

확실하게 조져놓았다!

색마 교주에게 넘어가 온갖 악행을 신의 뜻이라 부르짖던 자들을 완벽하게 박살 냈다. 사이비 교주의 감언이설을 월등히 뛰어넘는 공포를 광신도들의 뇌리에 각인시킨 것이다.

결과는 놀라웠다.

싸움이 중반에 이르렀을 때 색마 교주를 위해 순교하는 걸 영광스럽게 생각하던 광신도들이 하나, 둘 도주하기 시작했다. 목숨처럼 생각했던 종교적 신념을 포기하고 이현과의 싸움을 포기해 버렸다.

그것으로 승부는 끝!

이현은 마지막까지 저항하던 광신도들을 모조리 죽이고, 색마 교주에게 돌진했다. 그를 죽여서 이 무의미한 싸움을 끝장내려 했다.

그때 운칠은 자신이 평생 자랑해 온 천이의 재주!

어떤 무림인보다 민감하고 정확한 청각으로 색마 교주의 소매 속에서 달그락거리는 소리를 들었다. 흑도에 속한 자의 입장으로 볼 때 그건 암기통을 붙잡는 소리가 분명했다. 그것도 꽤 지독한 독이 포함된 거 말이다.

그는 자신도 모르게 소리쳤다.

이현에게 조심하라고 외쳤다. 비록 흑도에 속했으나 그 역시 무림인이었다. 평생 처음 보는 엄청난 무위를 발휘해 사이비 교단 하나를 홀로 박살 낸 이현에게 조금이나마 반해 버렸다. 그가 색마 교주 같은 비열한 자의 암수에 목숨을 잃는 걸 보고 싶지 않았다.

그러나 그 결과는 운칠의 운명을 완전히 바꿔 놨다.

운칠의 경호성을 듣고 이현이 피한 색마 교주의 암기는 하필 그의 몸에 박혔다. 평생 처음으로 남을 돕다가 대신 목숨을 내주게 되어버린 것이다.

'하지만 나는 살아남았다! 내 평생의 절기인 쾌검을 잃어버리는 대가로!'

부연해서 설명하자면, 색마 교주를 죽이고 돌아온 이현은 운칠의 목숨을 구해줬다. 그의 몸에 박힌 암기를 제거하고, 몸속에 퍼진 극독을 자신의 내공으로 왼 손가락 두 개에 몰아넣은 후 잘라 버렸다.

하지만 그로 인해 운칠은 목숨보다 소중한 쾌검을 펼칠 수 없게 되었다. 이현은 일부러 왼 손가락을 선택했는데, 그게 오히려 화근이었다. 운칠의 쾌검은 좌수검이었기 때문이다.

덕분에 운칠은 더 이상 천이쾌검으로 행세할 수 없었다.

쾌검법을 잃어버린 그는 무림인조차 되지 못했다.

그냥 낭인.

그것도 빼어난 청각을 제외하면 쓸데가 그리 많지 않은 삼류 낭인이 되었다.

나름 흑도에서 알아주던 일류 검객의 몰락치고는 심하다. 완전히 급전직하했다고 해도 될 만한 변화였다.

그래서 운칠은 수년 동안 힘겹게 우수검을 익히다 마왕마적대에 들어왔다. 흑도에서 오랫동안 굴러다니는 동안 얻은 지식과 누구보다 예민한 청각을 이용해 마왕마적대 대두령 대흉적의 부관 자리까지 차지하게 되었다.

'그런데 하필이면 다시 내 인생의 대흉이라 할 수 있는 자를 만나게 되다니!'

운칠은 내심 고개를 가로저었다.

단 한 번 봤을 뿐이나 그가 아는 이현은 결코 중간에서 싸움을 멈추는 자가 아니었다. 한번 시작했으면 반드시 끝장을 냈다. 중도 포기란 건 그에게 존재하지 않았다.

그러니 이런 식의 도주는 좋지 않다.

마왕마적대 중 현재 대흉적이 이끄는 친위대가 가장 큰 무리였다. 이현의 추격이 가장 집중될 가능성이 높다는 건 자명한 사실이지 않겠는가?

그 같은 생각과 함께 운칠이 말을 몰아 대흉적에게 다가가 말했다.

"대두령, 우리는 얼른 무리를 흩어버려야 합니다!"

"뭐라고?"

"우리 무리를 흩어버려야 한다고 말했습니다! 그렇지 않으면……"

"이런 미친놈을 봤나! 네놈이 이번 기회에 날 죽이려고 작심을 했구나!"

"…그, 그게 무슨 말씀이십니까? 대두령은 흥분하지 말고 제 말을 들어주십시오!"

"듣긴 뭘 들어! 방금 전에도 네놈의 말을 들었다가 모조리 뒈질 뻔했는데!"

"……."

운칠이 말문이 막혀 잠시 머뭇거렸다. 대흉적이 한 말대로 방금 전 그의 요청대로 악영인을 공격하려다 이현에게 죽을 뻔했기 때문이다.

그러나 그는 여기서 포기할 수 없었다.

이현이 어떤 자인지 아는 건 자신밖에 없었다. 어떻게든 대흉적을 설득해야만 한다고 여겼다.

"대두령, 그건 제 판단 착오가 분명합니다! 하지만 그동안의 공적을 봐서 이번 한 번만 더 제 말을 들어주십시오! 이대로 우리가 한데 뭉쳐서 도주한다면 반드시……."

"시끄럽다! 지금 당장 네놈의 주둥이를 뭉개 버리지 않는 건 도망치기 바빠서인 줄 알고 뒤로 짜져 있어!"

"그렇지만……."

"이 씨벌 놈이!"

대흉적이 수중의 철퇴를 운칠에게 휘둘렀다.

그렇게 그를 억지로 자신에게서 물러나게 만들었다. 방금 전의 실패로 운칠이 대흉적의 신임을 잃어버렸음을 보여주는 모습이었다.

그리고 바로 그때였다.

"으악!"

"으아악!"

대흉적을 따르던 친위 무리의 뒤에서 연달아 비명 소리가 터져 나왔다.

하나같이 단말마다!

뒤이어 흘러나오는 신음 따윈 아예 존재하지 않았다. 외마디 비명과 함께 무리의 숫자가 빠르게 줄어들어 갔다. 뒤에서 날아든 대도와 창에 꿰뚫려서 잇달아 목숨을 잃어가기 시작한 것이다.

그러자 운칠이 더 이상 대흉적을 바라보지 않고 안색을 와락 일그러뜨렸다.

'시, 시작되었다! 시작되어 버렸어!'

이리되면 늦었다.

더 이상 대흉적을 설득하는 건 아무런 의미가 없었다. 최소한 자신의 목숨을 건지는 데는 말이다.

히히히힝!

운칠이 얼른 망설임을 거두고 말의 고삐를 잡아챘다. 대흉적 무리로부터 그 혼자만이라도 빠져나가려는 의도였다.

그러나 그의 이 같은 판단마저 늦은 감이 있었다.

"크악!"

"으아악!"

다시 시작된 비명과 함께 무리의 꼬리 쪽에서 이현이 불쑥 모습을 드러냈다.

그리고 곧바로 신형을 공중으로 띄어 올린 이현.

순간적인 가속으로 질주하는 말보다 훨씬 빠르게 앞으로 나선 그는 양손에 들린 대도와 검이 사방으로 휘둘러졌다. 종횡하는 도기와 검기!

일도양단된다!

그냥 모조리 잘려 나간다!

대도와 검의 종횡하는 움직임에 휘말려 든 자들은 모조리 죽어 나갔다. 단 한 명의 예외도 없었다. 이현이 누구도 살려

둘 생각이 없었기 때문이다.

그러자 말들이 미쳐 날뛰기 시작했다.

공포의 빠른 전염!

대흉적을 따르던 친위대 전체에 퍼진 공포가 대열의 이탈을 가속화시켰다.

어떻게든 자신들을 따라붙은 사신 이현을 떨쳐내기 위해 비명에 가까운 괴성을 터뜨리며 사방으로 흩어졌다.

언뜻 보면 그게 현재로선 최선인 듯 보인다. 아주 잠깐 동안만 그러했다.

무리의 대열이 붕괴된 것과 동시였다.

이현이 쭈욱 앞으로 치고 들어와 대흉적 친위대를 절반으로 쪼개 버렸다.

양손에 들린 대도와 검을 풍차처럼 휘두르며 그랬다.

게다가 현재 그의 대도와 검에는 검강(劍罡)이 담겨져 있었다. 보통의 검강이 아니다.

훨씬 먼 곳까지를 범위로 두는 검기와 같은 검강!

사방으로 흩어지던 대흉적의 친위대 모두를 가두기에 충분할 만큼의 범위 말이다.

피의 폭풍!

그의 질주에 의해 양쪽으로 갈라치기를 당한 대흉적의 친위대 전체가 피보라에 휩싸인 채 바닥에 널브러졌다. 뒤늦게 대열을 붕괴시킨 어느 누구도 이현의 대도와 검에 담긴 검강의 범위를 벗어나는 데 실패한 것이다.

그건 무리의 최선두를 질주하던 대흉적 역시 마찬가지다.

"쿠, 쿨럭! 쿨럭!"

대흉적이 피를 게워내며 자신의 잘려 나간 팔을 보고 몸을 덜덜거리며 떨었다.

이현이 일으킨 피의 폭풍을 보고 그는 전력을 다해 철퇴를 휘둘렀다. 그의 상상을 불허하는 범위의 검강 공격으로부터 자기 자신을 지키기 위해 최선을 다했다.

그러나 역부족이었다.

이현이 펼친 은하천강신공(銀河天罡神功)을 기반으로 한 대천강검법은 종남파 무공 중에서도 극강의 조합이었다.

내공을 운용하는 신공과 검기성강을 다루는 검법 모두 방어 따윈 전혀 염두에 두지 않은 패도 극치의 수법!

이현의 막강한 내공이 바탕이 된 은하천강신공의 패도지기가 대천강검법의 강검을 통해 피의 폭풍을 만들어냈다. 대흉적을 따르던 친위대를 몰살시켰을 뿐 아니라 그의 철퇴를 박살 내고, 팔까지 박살 내버린 것이다.

저벅! 저벅!

이현이 수중의 대도와 검을 붕붕 휘두르며 대흉적에게 걸어갔다.

무심.

냉막.

마검협의 얼굴이다. 숭인학관에 입학해 인격을 도야하며 학사의 길을 걷던 이현이 다시 종남파의 핏빛 마검이라 불리던 마검협으로 돌아간 것이다.

"으어! 으어어……."

자신을 보고 거의 절반쯤 넋이 빠져 버린 대흉적을 향해 이현이 차갑게 말했다.

"네놈이 우두머리지?"

"……."

"대답할 필요 없어! 어차피 죽여 버릴 테니까!"

"사, 살려 주… 컥!"

서걱!

이현의 검이 대흉적의 정수리부터 갈라 버렸다. 자신이 한 말을 곧바로 이행한 것이다. 마검협답게!

촤륵!

검초에 맺힌 핏물을 바닥에 뿌린 이현이 신형을 돌려 세웠다. 우두머리를 죽였으니, 이제 남은 마왕마적대를 앞서 다른 무리처럼 하나하나 색출해서 죽여 버릴 차례였다.

악영인과의 약속, 반드시 지킬 작정이었다.

그만큼 그는 열이 받아 있었다.

대과 1차 시험 초시!

그 중요한 시험을 앞두고 이렇게 칼을 휘두를 정도로 화가
머리끝까지 났다. 가슴속 깊은 곳에서 활화산처럼 치솟아 오
르는 살기로 인해 전신이 저릿저릿할 지경이었다.

'처음에 생각했던 것보다 너무 시간을 많이 지체했다! 이러
다 시험 시간에 늦을지도 모르겠어……'

이현이 끔찍한 현실에 우울해하고 있을 때였다. 그의 시선
에 가장 먼 곳까지 도망치고 있는 운칠의 모습이 포착되었다.

휙!

대도가 날아갔다.

맹렬한 기세!

단숨에 운칠을 따라잡은 대도가 그의 등판에 내리꽂혔다.
아니, 그러려고 했다.

"으헉!"

놀랍게도 운칠은 대도를 피해냈다.

허공을 가로질러 등판으로 벼락같이 파고든 대도를 거의 종
잇장 정도의 차이로 피해냈다. 몸을 어설프게 옆으로 굴려서
말이다.

"헐!"

이현이 나직이 혀를 차고 운칠을 향해 신형을 날렸다. 그가
자신이 던진 대도를 피한 걸 용납할 수 없었다. 딱 봐놨으니,

바로 잡아서 족칠 작정이었다.

스스스슥!

이현의 신형이 잠영보의 변화를 따르며 순식간에 운칠의 앞을 막아섰다. 손에는 여전히 검이 들려져 있다. 바로 그의 머리 위로 떨어져 내릴 준비를 끝마친 상황이다.

움찔!

그런데 마지막 순간 이현이 검을 멈췄다. 운칠의 머리를 쪼개 버리는 걸 포기한 것이다.

'이 얼굴, 눈에 익은데?'

이현이 검을 멈춘 이유다.

겁에 질려 자신을 올려다보는 운칠의 얼굴을 그는 기억했다. 아주 오래전, 사부의 명으로 잠깐 동안 강호에 나갔다가 경험했던 모종의 사건과 연관된 자였다.

"너!"

"예! 예! 접니다! 대협에게 목숨을 구제받았던 운칠입니다! 바로 그 운칠입니다!"

"천이쾌검이라고 했던……?"

"그렇습니다! 분명 당시엔 그렇게 불렸습니다!"

이현의 안색이 차갑게 변했다.

"내가 사람을 잘못 살렸군."

"아닙니다! 절대로 대협께서 사람을 잘못 살린 것이 아닙니다!"

"입 닥쳐!"

이현이 버럭 소리치면서 발로 운칠의 가슴을 걷어찼다.

"크헉!"

운칠이 비명과 함께 자빠졌다가 허겁지겁 일어나 이현에게 엎드렸다.

"대협! 살려주십시오! 제발 살려주십시오!"

"네놈들이 저지른 일은 사람으로서 할 수 없는 짓이다! 그런 짓을 저지르고서 살기를 바라는 것이냐?"

"어, 어쩔 수 없었습니다! 소인도 살기 위해서 대두령의 명을 따르지 않을 수 없었습니다!"

"살기 위해서 어쩔 수 없었다?"

"그, 그렇습니다! 살기 위해서 한 짓은 죄가 되지 않는 게 아닙니까?"

"확실히 옳은 소리다. 살기 위해서 한 짓은 죄가 되지 않아. 다른 자의 생명을 해치지 않았다면 말야. 너 혹도의 검객이었지?"

"예! 예! 그렇습니다!"

"그럼 이 말을 기억하겠군. 강호를 거니는 자! 피 빚은 피로 갚는다!"

"그, 그건……"

"과거의 인연을 생각해서 네놈한테 기회를 주겠다. 내가 십 초를 양보해 줄 테니까 전력을 다해서 공격해 봐."

"……"

"그동안 나는 절대 반격을 가하지 않을 뿐 아니라, 만약 네가 옷깃이라도 건든다면 오늘 목숨을 거두진 않을 것이다."

"…부, 불가능한 말씀이십니다!"

"뭐?"

"소인은 이미 과거 대협께서 아시던 천이쾌검이 아닙니다! 이 손을 보십시오!"

운칠이 이현에게 손가락 두 개가 잘린 왼손을 내밀어 보였다.

세 개만 남은 손가락의 미세한 떨림.

무공이 이미 과거와는 비교도 되지 않는 영역에 도달한 이현이 바로 눈치챘다. 운칠이 본래 좌수검을 사용하던 쾌검수였음을 말이다.

'망할! 결국 이자를 흑도 검객이 아니라 마적대의 일원이 되게 만든 건 나였다는 거잖아!'

과거 한때 스쳐 갔던 인연!

지금 이 순간 악연으로 마주치게 되었다.

다른 누구도 아닌 이현 자신이 과거에 저지른 실수로 인해서 그리되었다. 검을 손에 쥔 것만으로도 흥분해서 마구 날뛰던 어린 시절의 서투름 때문에.

이현이 말했다.

"너, 이 빌어먹을 마적대 놈들을 따라다니면서 얼마나 죽였냐?"

"좌수쾌검을 잃어버린 순간 이놈의 무림인으로서의 생명은 끝났습니다. 모진 목숨, 죽지 못해서 강호 밑바닥을 전전하다 마왕마적대에 들어갔습니다. 대두령의 말을 먹이고, 허드렛일을 하는 종자 노릇을 하다가 남보다 밝은 귀의 도움을 받아서 부관이 되었습니다."

"누가 네놈더러 넋두리하라고 했어? 나와 헤어진 후 얼마나 사람을 죽였냐고!"

이현이 버럭 화를 내자 운칠이 몸을 떨면서 말했다.

"두, 두 명을 죽였습니다."

"민간인이었냐?"

"마왕마적대에 속한 놈들이었습니다. 제가 대두령의 부관이 된 게 못마땅했는지 밤중에 몰래 죽이려고 찾아왔기에 어쩔 수 없이 죽일 수밖에 없었습니다."

"그건 잘한 거잖아."

"그, 그렇습니다. 그놈들은 마왕마적대에서도 가장 질이 좋지 않은 놈들이었습니다."

"그런 너는 질이 좋냐!"

"소인 역시 좋은 놈은 아닙지요. 하지만 그놈들은 특별히 나쁜 놈들이었습니다. 사실 마왕마적대에서도 소인처럼 어쩔 수 없이 종자 노릇을 하면서 따라다니는 자들이 있습니다. 그들은 정말 불쌍한 인생들입지요."

"그자들은 사람을 죽이지 않았다는 거냐?"

"최소한 소인이 알기로는 그렇습니다. 종자들은 평소에 창이나 병장기, 식량 같은 걸 짊어지고 마적들을 따라다니는 게 주된 임무였으니까요."

"흠."

이현이 운칠의 말을 듣고 눈살을 찌푸려 보였다. 그의 말을 듣고 보니, 마왕마적대를 모조리 죽여 버려선 안 될 것 같았다. 마적들을 따라다니던 종자들까지 죽을죄를 진 건 아니란 판단을 내린 것이다.

과거 저질렀던 실수!

어설픔!

세월이 흘러 성숙해진 지금, 다시 저지를 순 없었다.

"지금부터 너는 날 따라다니면서 죽일 자와 살릴 자를 말해줘야만 한다!"

"그, 그건……"

"내가 하는 말을 못 알아들은 척하려는 거냐?"

"…아닙니다! 대협의 뜻대로 죽일 자와 살릴 자를 거짓 없이 말해드리겠습니다!"

"좋아. 그런데 너!"

"예?"

"어떻게 날 한눈에 알아본 거냐? 우리가 헤어진 건 벌써 십 년도 전이었는데?"

"소인이 좌수쾌검을 잃어버린 후 의지할 건 오로지 남들보다 밝은 청각뿐이었습니다. 그래서 과거 천이쾌검이라 불릴 때보다 청각만큼은 더욱 단련됐기에 대협이 무공을 펼칠 때의 소리를 알아들을 수 있었습니다."

"단지 그것만으로 날 알아봤다고?"

"예, 당시보다 조금 변하긴 했으나 대협이 무공을 펼칠 때 일으키는 독특한 소리는 똑똑히 기억하고 있었습니다. 평생 중 가장 인상적인 소리였으니까요."

"……"

"게다가 대협의 얼굴은 당시와 거의 변하지 않으셨습니다. 정말 동안이십니다! 아니, 어찌 보면 그때보다 더 젊어지신 것 같은데……."

"됐고! 앞으로 누구에게도 나에 대해 말해선 안 된다!"

"…명심하겠습니다!"

"명심해야만 할 거야. 만약 나에 대해 소문이 나면 가장 먼저 네놈의 혓바닥을 뽑아버릴 테니까!"

이현이 담담한 표정으로 협박한 후 운칠의 뒷덜미를 낚아채고 신형을 공중으로 띄워 올렸다.

벌써 시간이 꽤 많이 지났다.

초시가 치러지는 정오까지 시험장이 있는 순양에 도착하려면 좀 더 빨리 움직여야 할 터였다. 죽일 놈은 죽이고, 살릴 놈은 살려야만 하는 것이다.

*   *   *

순양.

섬서성의 작은 도시인 이곳은 3년이나 4년, 6년마다 큰 소란에 휩싸이곤 한다.

입신양명으로 향하는 대과의 첫 관문!

섬서성 일대에서 글공부에 힘쓰던 모든 서생들의 희망이자 악몽이라 할 수 있는 1차 시험 초시가 벌어지는 장소이기 때문이다.

올해 초시는 6년 만에 열렸다.

다른 때보다 3년 더 늦게 열린 만큼 시험장인 숭양 현청 앞은 오전부터 문전성시를 이루고 있었다. 섬서성 각지에서 몰려든 다양한 연배의 수험생들과 그들에게 달라붙는 상인들로 와자지껄 시끄러웠다.

그 북새통 속에 어울리지 않는 청초한 미녀가 서성이고 있었다.

숭인학관의 실질적인 대학사를 맡고 있는 목연이다.

그녀는 수일 전 숭인학관에서 초시를 치르는 학생들을 이끌고 순양에 왔다. 시험 전날까지 충분한 휴식을 취한 후 완벽한 상태에서 초시에 임하게 하기 위함이었다.

그러나 가장 걱정되는 학생이 여기에 빠졌다.

이현.

그는 숭인학관을 출발하기 전 갑자기 배가 아프다고 측간을 찾더니, 이후 시험 당일까지 코빼기도 보이지 않았다. 초시에서 떨어질 게 무서워서 도망쳐 버린 것일까?

목연은 그렇게 생각하지 않았다.

그녀가 아는 이현은 항상 먹을 걸 탐하고, 학생들 사이에서 껄렁대고, 수업을 등한시긴 했으나 겁쟁이는 아니었다. 시험에 설혹 떨어진다 해도 한차례 멋쩍은 웃음과 함께 배고프다고 당당하게 큰소리를 치는 게 어울리는 사람이었다.

그래서 목연은 기다렸다.

반드시 이현이 시험을 치러 순양에 올 것을 믿으며 오늘까지 기다렸다. 지금처럼 시험장으로 향하는 길목에서 발을 동동 구르면서 말이다.

'내가 사람을 잘못 봤을 리 없어! 그는 분명 올 거야!'

어째서인지는 모르겠다.

그냥 목연은 이현을 믿었다. 어느새 시험 시작 시간인 정오가 다가오고 있는데도 그녀의 눈빛은 결코 흐트러짐이 없었다. 점차 동동거림의 속도가 빨라지는 발동작과 달리 그러했다.

그때 목연의 뒤로 소화영이 다가왔다.

"목 소저, 큰일 났습니다!"

"무슨 일이죠?"

"악 공자가 사라졌습니다! 시험장에도 들어간 게 아닌 것 같은데, 악 공자도 이 공자처럼 배가 아팠던 걸까요?"

"그럴 리가요!"

목연은 자신도 모르게 언성을 높이고 안색을 살짝 붉혔다. 소화영의 말에 놀라서 자신도 모르게 목소리를 높인 게 후회됐기 때문이다.

'내 수양이 아직 부족하구나! 내가 가르치는 제자들을 선생이 되어가지고 믿지 못한다면 어찌 수업을 가르칠 자격이 있겠는가?'

목연은 스스로를 자책하며 반성했다.

그때 저 멀리 순양 시내 저편에서 뿌연 흙먼지를 일으키며 두 마리의 말이 달려왔다.

그리고 그 말들의 위에는, 이현과 악영인이 연신 말의 박차를 가하고 있다.

"비켜! 비켜!"

"우왓!"

"우와아앗!"

이현과 악영인의 거침없는 외침에 시내를 오고가던 사람들이 소리를 지르며 좌우로 흩어졌다. 두 사람의 행태는 그야말로 무법자나 다름없었다.

소화영이 먼저 두 사람의 존재를 인지하고 손뼉을 치며 호들갑을 떨었다.

"목 소저, 두 공자들이에요! 두 공자들이 함께 말을 타고 달려오고 있어요!"

"그런……!"

목연이 기뻐하는 한편, 당혹한 표정을 얼굴에 드러냈다. 그녀는 숭인학관의 학생들한테 평소 이렇게 막돼먹은 행동을 하라고 가르친 적이 없었다.

그러거나 말거나 두 사람은 말을 전력으로 달려서 단숨에 목연의 바로 앞까지 도착했다. 가뜩이나 번잡스럽던 시험장 주변을 완전히 난장판으로 만들었음은 물론이었다.

이현이 먼저 목연을 발견하고 재빨리 말의 고삐를 잡아당겼다.

"워! 워!"

악영인 역시 따라서 말을 멈추게 했다. 아무래도 기마술에 능숙하다 보니 이현보다 말을 멈추게 하는 동작이 간결하고 자연스럽다.

슥! 스슥!

두 사람이 말에서 뛰어내린 후 목연에게 인사했다.

"목 소저, 좀 늦었습니다!"

"시험 시간에 늦은 건 아니지요? 이렇게 죽도록 달려왔는데 시험조차 치르지 못하면 곤란하다구요!"

이현이 목연에게 얼굴을 들이대며 질문을 퍼붓는 악영인의 뒷덜미를 재빨리 잡아챘다.

"우왁!"

그렇게 비명을 지르는 악영인을 자신의 품으로 쑥 잡아당긴 후 이현이 정중하게 사과했다.

"목 소저는 이놈의 무례를 신경 쓰지 마십시오. 그런데 우리를 기다리고 계셨던 겁니까?"

"그리 오래 기다리진 않았습니다."

고개를 흔들어 보이는 목연의 뒤에서 소화영이 불쑥 얼굴을 내밀며 이현을 톡 쏘아붙였다.

"도대체 뭘 하다가 이제 오는 거예요? 목 소저가 얼마나 걱정했다구요!"

"배가 많이 아파서……."

"아직도 배탈 이야길 하는 거예욧! 그렇게 계속 배가 아프면 측간에서 시험을 보시든가요!"

"……."

이현이 목연의 표정을 힐끔 살피고 입을 다물었다. 소화영이 쏘아붙이는 거야 얼마든지 상대할 수 있으나 목연에게 걱정을 끼친 게 마음에 걸렸다.

본래 사부의 그림자도 밟지 않는 법!

그녀가 자신 때문에 걱정을 한 걸 생각하니 마음 한편에 미안한 기분이 들었다.

그때 악영인이 이현의 어깨에 한 손을 걸치며 말했다.

"그런데 우리, 빨리 시험장에 가야 하는 거 아닙니까? 시험 시간이 거의 다 된 것 같은데?"

"아!"

목연이 놀란 표정으로 나직이 탄성을 발하고 이현과 악영인에게 말했다.

"두 분 공자는 어서 시험장으로 가세요! 말은 여기다 놔두고요!"

"말을 다루실 줄 아십니까?"

"그건… 어떻게든 제가 해볼 테니까 두 분 공자는 신경 쓰지 말고 시험장으로 가세요!"

'역시 말을 다룰 줄 모르는구나!'

내심 고개를 저어 보인 이현이 소화영에게 가볍게 눈짓을 해 보였다. 그녀에게 목연 대신 나서서 말을 맡으라는 뜻을 강하게 전달한 것이다.

'쳇! 하녀 노릇을 하는 것도 서러운데 마부 노릇까지 하라는 건가?'

소화영이 내심 투덜거리며 목연에게 말했다.

"목 소저, 제가 다행히 말을 조금 다룰 줄 압니다."

"그런가요?"

"예, 어려서부터 말과는 친구처럼 지냈으니까 목 소저는 염려 마세요."

"다행이로군요."

목연이 진심으로 기뻐하고 이현과 악영인을 재촉했다. 진짜로 이젠 시험 시작 시간이 얼마 남지 않았기 때문이다.

"두 분 공자, 어서 시험장으로 가세요! 어서요!"

"예, 알겠습니다."

"예이! 예이!"

이현과 악영인이 대답과 함께 시험장이 위치한 순양 현청으로 향했다. 목연과 소화영, 그리고 그들을 순양까지 태우고 온 두 마리 말의 배웅을 받으면서.

*　　　　*　　　　*

팔랑!

이현은 자신 앞에 시험지가 떨어져 내리자 내심 깊게 숨을 들이마셨다가 뱉어냈다.

운기조식?

내가호흡법?

모두 아니다.

그냥 그는 두근거리는 가슴을 진정시키기 위해서 호흡을 조절했을 뿐이다.

두근! 두근!

그래도 심장의 떨림은 쉬이 멈추질 않는다.

그동안 심상수련법을 통해 무수히 많이 대적해 봤던 천하 제일인 운검진인을 앞에 뒀을 때조차 이러진 않았던 것 같은데…….

'나 마검협 이현이야! 뭘 이딴 걸로 쫄고 있어? 괜찮아! 나는 할 수 있어!'

내심 스스로에게 용기를 북돋아준 이현이 눈을 떴다. 당당하게 자신 앞에 다가온 첫 번째 시련에 맞서기 위함이었다.

그러나 곧 그의 얼굴이 일그러졌다.

동공 역시 지진을 일으킨다.

목이 마르고, 침샘 역시 제 역할을 수행하지 못한다.

'전혀 모르겠다!'

그게 원인이었다.

눈을 뜨고 확인한 시험지 안의 문제.

놀랍게도 북궁창성이 심혈을 기울여 작성해 준 예상 문제를 완벽하게 비껴갔다.

적어도 지금 이현의 머릿속에 남아 있는 부분만으로 보면 그러했다.

그런데 이건 북궁창성의 잘못이 아니다.

오히려 이현의 탓이 크다고 할 수 있었다.

순양으로 향하던 중 마왕마적대와 치룬 결전!

오랜만에 무척 신났다.

평생 친한 적이 없는 서책과 지필묵과 뒹굴어야만 했던 지난 몇 개월간의 고생이 단숨에 날아가는 듯했다. 역시 마검협으로서 나쁜 놈들에 맞서 싸우는 것이야말로 이현의 본모습이고, 정체성 그 자체였던 것이다.

하지만 너무 흥분했다.

마왕마적대를 박살 내는 데 지나치게 몰두한 나머지 순양에 도착했을 때 이현의 머릿속은 백지장처럼 변해 있었다.

지난 며칠간 북궁창성과 함께 강제로 머릿속에 욱여넣었던 시험 예상 문제 풀이의 상당수가 머릿속에서 증발해 버렸다.

억지로 기억을 되살려 봤으나 남은 건 고작해야 3할이나 될까 싶었다. 그것도 대부분 불완전했다.

대위기!

이현은 심상수련법을 떠올렸다.

시험에 대한 불안감을 억누른 채 호흡을 조절하면서 마음 속 깊은 곳으로 들어갔다.

그렇게 북궁창성과 함께 지새웠던 많은 밤들을 떠올렸다. 그와 함께했던 다양한 시험문제 풀이를 조금이라도 더 머릿 속 심층부에서 끄집어내기 위한 노력이었다.

그러나 지금 이 순간 그 모든 노력은 허사로 돌아갔다. 간 신히 떠올린 북궁창성의 시험문제 풀이 중 어떤 것도 눈앞의 문제와는 관련이 없었기 때문이다.

'이건… 망했다고 봐야겠구만!'

이현이 내린 결론이었다.

이렇게 자신의 대과가 1차 관문도 통과하지 못하고 끝날 줄은 몰랐다. 허무했다. 그동안 숭인학관에서 보냈던 시간들 이 주마등처럼 머릿속을 스쳐가고 있었다.

그리고 아버지……

자신을 당황스러울 정도로 따뜻하게 대했던 부친 이정명의 얼굴을 떠올린 순간 주먹을 꽈악 쥐어 보였다. 이대로 시험을 포기할 수는 없었던 것이다.

'그래도 최선을 다한다! 그게 아버님과 그동안 내 공부를

도와줬던 북궁 사제. 그리고 목연 소저에 대한 내 도리일 것이다!'

내심 의지를 불태우며 이현은 눈앞의 시험문제에 집중했다.

여전히 전혀 감도 잡히지 않을 것 같은 문제!

하지만 그 속에서 이현은 목연에게 받았던 수업과 북궁창성과 풀었던 예상 시험문제를 연결시키려 노력했다. 학사가 아니라 무인 이현의 관점에서 시험문제의 맥을 어떻게든 접목시키려는 시도였다.

이화접목!

무당파 무학의 정수라 불리는 수법. 꽃을 나무에 갖다 붙인다는 뜻으로 본래는 상대의 무공을 고대로 돌려주는 수법의 통칭이었다.

이현은 조금 달리 펼쳐 보였다.

자신이 알고 있는 문제 풀이를 눈앞의 시험에 대한 해답으로 바꿔서 적어넣기 시작한 것이다. 순수 학문이 아니라 무인으로서 이화접목의 수법을 발휘한 것이다.

스사사사사삭!

언제 세상만사의 고민을 모조리 짊어진 표정을 지었냐는 듯 이현은 일필휘지로 답안을 작성했다.

며칠 전부터 줄곧 외워왔던 문장이기에 필을 움직임에 있어 전혀 막힘이 없었다. 시험장에 모인 수백 명의 수험생들 중 누구보다 시원스럽게 답안 작성을 끝마쳤다.

第三章

시험이 끝난 후

척!

자신 앞에 첫 번째로 시험지를 제출하는 이현을 장맹은 놀란 표정으로 바라봤다. 그는 이번 대과 1차 시험 초시의 시험 감독관이자 순양 현청의 현령이었다.

'호오? 이렇게 빨리 시험문제를 풀었다니! 아직 약관도 안돼 보이는 나이의 서생인데 정말 대단하구나!'

장맹이 맡고 있는 순양 현청의 현령은 그리 높은 관리는 아니었다.

북경에 위치한 중앙 관계는 물론이거니와 섬서성 내에서도 대도시인 낙양이나 서안 등과는 비교할 수 없는 소도시가 순양이었기 때문이다.

하나 그는 당당히 대과 본시를 넘어 마지막 5차인 전시를 볼 수 있는 33명에 든 바 있는 천하의 기재였다.

학문적으로만 따지자면 순양 인근뿐 아니라 섬서성 전체를 통털어도 그를 능가한다고 할 수 있는 자가 거의 없을 터였다. 아는 사람은 아는 대학사라 할 수 있었다.

그런 장맹이 순양의 현령이 된 건 좌천 때문이었다. 중앙 관계에서 청렴하게 관리 생활을 영위하다가 비리 범죄를 저지른 왕족의 미움을 사서 지방으로 밀려난 것이다.

그래도 장맹은 그다지 후회하지 않았다.

본래 칼날 위를 걷는 듯 위태로운 게 중앙 관계의 삶이었다. 정치가보다는 학문을 연구하는 데 관심이 많던 터라 지방 현령이 된 것도 그리 나쁘지 않다고 여겼다. 한가롭게 작은 도시를 다스리면서 학문과 인격을 도야하는 데 시간을 보낼 수 있다고 생각했기 때문이다.

그래서 그는 전례를 깨고 현령으로서 이번 초시에 직접 시험관을 자청했다.

자신이 직접 시험문제를 선별하고 하나하나 다듬었다.

다른 현청의 관리나 학사들이 나서려 하면 학문적인 문답으로 입을 닥치게 만들었다. 어떤 사람의 도움이나 참견 없이 홀로 초시를 준비한 것이다.

이유는 단순하다.

어리석은 백성들을 위해서 진짜 유능하고 학문적인 창의성이 넘치는 인재를 뽑으리라!

겉으로 내세운 목표다.

그러나 그 속내를 들여다보자면 그저 따분함에서 벗어나기 위함이었다.

중앙 관계에서도 지나칠 정도로 유능해서 왕족에게 미움까지 받았던 장맹에게 순양 같은 소도시는 너무 한가했다.

좌천되고 얼마 지나지 않아 기본적인 업무 파악이 끝나자 할 일이 너무 없었다.

하루하루 현청에서 밥만 축내는 돼지가 된 것 같았다.

그래서 그는 이런 시험 준비에라도 집중해야 사는 낙을 느낄 수 있었던 것이다.

'흠! 그럼 어디 내가 자신 있게 출제한 문제를 일착으로 끝낸 섬서 수재의 답안을 확인해 볼까?'

장맹이 내심 기대감이 넘치는 표정으로 이현의 답안을 살폈다.

그리고 살짝 찡그려진 그의 미간!

'이, 이 괴이한 답안은 어떻게 해석해야 하는고? 아니, 그보다 이 싯귀, 아니, 가사는 필시 금나라 황제 장종 태화 시절에 쓰여진 원호문의 안구사가 아닌가? 어째서 국가와 백성의 관계를 사서와 오경에 나오는 사례를 들어 설명하라는 문제에 대한 답을 원호문의 안구사로 대신한 것인지 궁금하구나!'

장맹은 몇 번에 걸쳐서 이현이 답안에 휘갈겨 쓴 안구사를 살피며 연신 고개를 흔들어 보였다.

당최 모르겠다!

이해가 가지 않는 답안이었다!

만약 대학사인 장맹이 시험관이 아니었다면 이현의 답안은 금세 불합격(不合格) 쪽으로 미뤄졌을 터였다. 평범한 학사나 시험관에게 있어선 결코 문제에 대한 답안 근처에도 가지 않은 것이었기 때문이다.

그러나 종종 사람의 눈에 뭔가가 씌일 때가 있다고 한다.

장맹이 그러했다.

그는 몇 번이나 이현의 상리를 벗어난 답안을 살피다 갑자기 머릿속이 밝아지는 걸 느꼈다.

'그러고 보니 원호문의 안구사는 그저 평범한 사랑을 노래한 것이 아니지 않은가? 그래! 이 답안을 작성한 수재는 국가와 백성의 관계를 두 마리 기러기가 서로가 없이는 결코 살아갈 수 없는 것에 빗댄 것이 틀림없다. 국가는 본시 백성을 담는 그릇이고, 백성은 국가를 이루는 근본이니까 말야! 내가 그동안은 어째서 이런 도리를 모르고 있었더란 말인가!'

생각하면 생각할수록 장맹은 자신의 생각이 맞는 듯했다. 이현이 자신이 낸 문제의 의도를 현학적으로 풀어서 답안을 제출했다는 생각이 들었다.

그래서 고민이 되었다.

이현의 답안은 의도와 창의적인 영역에서 높은 점수를 줄 만했으나 정답으로 보기에는 어려웠다. 문제의 출제 의도를 벗어난 답안이었기 때문이다.

장맹의 미간 사이가 더욱 깊이 패였다.

북경에서 왕족의 비리를 상소할 때보다 지금 이 순간, 그의 고민은 더욱 깊고 강렬했다.

*   *   *

'쳇! 제대로 저질러 버렸구만! 어차피 출제 범위를 벗어난 답안이라 시험에 떨어지는 건 확실하니까 상관없으려나?'

이현은 시험장을 벗어나며 내심 툴툴거렸다.

원호문의 안구사!

마왕마적대를 만나기 전까지 외우고 있던 가사였다. 그래서 다른 어떤 것보다 이현의 뇌리 속에 확실히 가사의 유래와 의미가 각인되어 있었다.

두 마리 기러기의 애절한 사랑 노래?

이현은 그렇게 받아들이지 않았다.

사냥꾼의 그물에 기러기가 걸려들지 않았다면 두 마리 모두 계속해서 행복하게 살 수 있을 거라 여겼기 때문이다.

그래서 그는 국가와 백성의 관계를 두 마리 기러기와 사냥꾼의 관계로 생각했다. 국가는 사냥꾼이고, 두 마리 기러기는 백성이었다.

수탈하는 자와 수탈당하는 자!

간명한 관계였다.

출종남천하마검행 당시 이현은 천하를 돌아다니며 몇 번이나 폭정을 일삼는 관리를 목격했다.

근래 세상이 평화로워졌긴 하나 악정을 일삼는 관리는 끊임없이 나타났다. 마치 일정한 정도의 숫자가 정해져 있는 것처럼 말이다.

그래서 이현은 항상 복면을 준비하고 다녔다.

그런 관리나 그를 따르며 악행을 벌이는 자들을 만나면 신분을 숨긴 채 잡아 죽이기 위함이었다. 단 한 번도 예외가 없이 항상 그렇게 세상에 정의를 구현했다.

당연히 이현에게 있어 국가를 대표한다고 할 수 있는 관리는 좋게 여겨지지 않았다. 선정을 베푸는 관리보다 악정을 일삼는 자들에게 항상 관심이 많았기 때문이다.

이번 답안.

무림인으로서 바라본 국가관이 그대로 드러나 있었다. 폭정을 일삼는 국가의 관리와 수탈당하는 백성의 한을 원호문의 안구사로 대신 풀어내었다.

자칫 역심을 품은 대역 죄인으로 몰릴 수도 있는 위험한 사상!

다행스럽게도 이현의 학문이 짧아서 그에 맞는 주석을 달지 못했다.

본래 의도대로라면 남은 기러기가 짝의 죽음을 보고 자살하는 대신 사냥꾼을 공격해야 했다는 선동성 문구를 달아야 했다.

그리고 그로 인해 시험관인 장맹은 이현의 답안을 완전히 딴판으로 해석하게 되었다.

이 같은 모순된 결과를 아는지 모르는지 이현은 기지개를 크게 켰다.

이번 시험, 완전히 망쳤다!

하지만 스스로에겐 당당했다.

어깨를 축 늘어뜨릴 이유는 없었다. 어찌 됐든 시험은 끝났고, 이현은 최선을 다했다. 자기 자신에게 부끄럽지 않은 답안을 제출하고 나왔으니까.

그때 마치 이현을 뒤따라 나오기라도 한 것처럼 악영인이 살짝 붉어진 얼굴로 뛰어왔다.

본래 북궁창성에 버금갈 정도로 잘생긴 얼굴.

평소보다 조금 붉어진 얼굴이 가히 절세미녀를 보는 것처럼 영롱하게 빛나고 있다.

"형님! 같이 갑시다! 같이 가요!"

'새끼, 계집애가 울고 갈 정도로 예쁘장하게 생겨가지고 하는 행동은 정말 상남자란 말야!'

이현이 잠시 악영인의 지나치게 잘생긴 얼굴에 감탄하고 어깨를 가볍게 추어 보였다.

"내 앞에서 마왕마적대 녀석들을 절대 단 한 명도 살려둘 수 없다고 날뛰던 사람은 어디의 누구였지?"

"아! 그때는 그럴 수밖에 없는 사정이 있었잖수! 설마 그때 내가 말 좀 안 듣고 들이받았다고……."

"됐다! 그때 날 향해 제법 그럴듯하게 일으킨 살기를 보고 네놈을 인정하기로 했으니까."

"…뭘 인정하기로 했다는 거요?"

"내 동생으로 인정하기로 했다는 거다."

"뭐야? 그럼 여태까지 날 그냥 데면데면하게 봤다는 거요?

그동안 우리가 함께 나눠 마신 술이 몇 동이인데?"

"그럼 네놈 같으면 쉽사리 의형제를 선택할 수 있겠냐?"

"의형제요?"

"그래."

이현의 담담한 대답에 악영인이 갑자기 전력으로 달려들었다. 온몸을 있는 그대로 이현에게 던진 것이다.

"으앗!"

이현이 질겁을 하고 떼어내려 하자 악영인이 거머리처럼 찰싹 달라붙으며 말했다.

"형님, 이 의동생이 좀 달라붙기로 뭘 그리 질겁을 하시우?"

"사내놈이 달라붙는 걸 좋아할 이유가 있겠냐?"

"사내가 아니라 계집이면 좋다는 거유?"

"얼굴이 예쁘면!"

단호한 이현의 대답에 악영인이 이맛살을 상큼하게 찡그려 보였다.

"형님도 앞으로 좋은 여자를 만나긴 힘들 것 같수!"

"왜?"

"얼굴만 밝히는 사내치고 좋은 여자를 만난 건 내 여태까지 보지 못했거든요."

"그럼 내가 첫 번째 사내가 되겠군."

"캬아! 배짱!"

"부럽냐?"

"부럽수. 형님처럼 있는 그대로 내뱉으면서 사는 사람은 첨 봤으니까 말이우."

"제 놈도 만만치 않으면서!"

이현이 퉁명스러운 일갈과 함께 교묘하게 손을 움직여서 결국 악영인을 몸에서 떼어냈다. 잠깐 사이, 그가 펼친 천두대구식의 금나수는 15번이나 되는 변화를 일으킨 것이다.

타탁!

이현의 천두대구식에 떠밀려 몇 걸음 밖으로 밀려난 악영인이 다시 인상을 써 보였다.

"형님, 정말 이럴 거유?"

"어."

성의 없는 대답과 함께 이현이 손가락을 까닥이며 말했다.

"시험도 끝났는데, 술이나 푸러 가자!"

"그 거짓말 진짜요?"

"어. 오늘은 한번 코가 삐뚤어지게 마셔보도록 하자!"

"형님, 최고!"

언제 이현한테 삐친 티를 냈냐는 듯 악영인이 환호성을 터뜨렸다. 어디로 보건 간에 시험의 결과 따위는 이미 머릿속에서 싹 지워 버린 것 같은 두 사람이었다.

새벽.

이현은 악영인을 등에 업고 갈지자걸음으로 숭인학관이 거처로 삼은 순양객점을 향하고 있었다.

초저녁부터 시작된 두 사람의 술판은 새벽까지 이어졌다.

그사이 순양 일대의 술집이란 술집은 모두 순례를 했는데, 어느 사이엔가 악영인이 나가떨어졌다. 기를 쓰고 이현과 같은 속도로 술을 마시다가 완전히 고주망태가 되어버린 것이다.

그래도 이현은 부족함을 느꼈다.

만취하지 않고선 오늘 잠을 이루기 어려울 것 같아서였다.

'무산이 녀석을 데려다 눕혀 놓고, 다시 방금 전의 술집으로 돌아가야겠군.'

이현은 내심 중얼거리며 걸음을 빠르게 옮겼다.

여전히 비틀거리는 움직임이나 희한하게도 속도가 난다. 보통 사람의 발걸음을 월등히 뛰어넘는 속도로 그는 순양객점을 향해 걸어가고 있었다.

한데 그가 순양객점을 얼마 앞두지 않았을 때였다.

멈칫!

특이한 갈지자걸음을 계속 이어가던 이현의 발걸음이 멈춰

섰다.

왜?

이유는 곧 밝혀졌다.

달빛.

새벽이 밝아오느라 어느새 큰 기운을 잃어버렸다. 한밤중 같은 빛을 대지에 비추지 못하고 있었다.

그래도 충분했다.

한 단아하고 아름다운 여인의 존재를 이현이 알아채게 하는 데는 말이다.

목연.

언제부터 자리를 지키고 있었는지 안색이 파랗다. 밤의 서늘한 기운이 가냘픈 몸속에 침투해서 꽁꽁 얼려 버렸음에 분명하다.

이현이 놀라 소리쳤다.

"목 소저, 어째서 밖에 나와 계시는 겁니까?"

"이 공자?"

"예, 접니다. 제 등에는 악무산이 놈도 업혀 있구요."

"두 분 모두 무사하셔서서 정말 다행이군요!"

"예?"

"정말 다행이에요! 다행……."

목연이 몇 번이나 다행이란 말을 되뇌다 갑자기 그 자리에

풀썩 쓰러져 내렸다. 이현이 악영인을 업고 나타나기 전부터 몸이 상해 있었음이 분명하다.

'이런!'

이현이 내심 놀라 소리치며 목연에게 다가가 손가락으로 그녀의 맥을 짚었다.

불규칙한 맥박!

목연의 상태가 그리 좋지 못함을 말해준다.

슥!

그때 언제 술에 취했냐는 듯 악영인이 이현의 등에서 뛰어내렸다.

"형님, 의원을 모셔 올까요?"

'지독한 놈! 그렇게 퍼마셨는데, 저렇게 생생하다니!'

이현이 내심 악영인의 놀라운 주량에 고개를 가로저으며 말했다.

"그럴 필요까진 없다. 이 시간에 문을 연 의원을 찾기도 힘들 거고 말야."

"그래도 목 소저가 이렇게 아프신데 어떻게든 의원을 구해서 진료를 받게 해야 하는 게 아니겠수?"

"그냥 감기 몸살이야."

"예?"

"새벽까지 우릴 찾아다니고, 기다리느라 기진맥진한 상태에서 체내에 한기가 침습한 거라고."

"우릴 왜 찾아다니고 기다려요?"

악영인이 어리둥절한 표정으로 묻자 이현이 퉁명스레 대답했다.

"그야 뻔하지 않겠냐?"

"뭐가 뻔한데요?"

"우리가 걱정됐던 걸 테지."

"예? 목 소저가 왜 우리 걱정을 하는데요?"

여전히 악영인은 모르겠다는 표정이다. 이현이 살짝 인상을 긁으며 말했다.

"초저녁에 우리가 술집을 순례하고 다닐 때 서생이나 학생들이 삼삼오오 모여서 죽상을 쓰고 있던 걸 못 봤냐?"

"봤죠? 그게 왜요?"

"그들이 왜 그런 꼴을 하고 있었겠냐?"

"그야 시험을 못 봤기 때문일 테지요. 아!"

비로소 악영인이 뭔가 눈치를 챈 듯 탄성을 발했다. 그리고 조심스럽게 말한다.

"혹시, 형님도 시험을 망쳐서 나랑 술이나 푸자고 했던 거유?"

"달리 네놈과 술집을 순례할 이유가 있었겠냐? 아니, 그보다 네놈은 마치 시험을 잘 본 것처럼 말하는구나?"

"당연히 잘 봤죠! 오늘 시험문제는 그야말로 저 악무산을 위해 출제된 거나 다름없었습니다!"

"잘났다!"

이현이 말을 나눌수록 얄미워지는 악영인을 톡 쏘아붙여주고 목연을 안아들었다. 몸이 꽤나 차갑다. 얼른 객점에 데려가서 따뜻하게 몸을 데워줘야 하겠다.

악영인의 표정이 슬쩍 변했다.

"목 소저, 제가 모시겠수다!"

"왜?"

"형님은 지금 위험한 상태 아닙니까?"

"뭐가 위험한 상태인데?"

"술집에서 어떤 서생은 죽어버리겠다고 소리치던데요? 형님도 지금 딱 그런 심정 아닙니까?"

말은 맞다!

진짜로 이현은 술을 퍼마시는 동안 속이 몇 번이나 뒤집어졌다. 특히 서생이나 학생들이 시험 답안에 대해 떠들어댈 때마다 머릿속이 어질어질해졌다. 자신이 억지로 써낸 답안이 완전히 말도 안 되는 것임을 확인 사살당하는 것 같았기 때문이다.

하지만 그는 성숙한 사람이었다.

감정 같은 것에 휘둘리기에는 이미 정신적인 수양이 아주 높은 곳에 도달해 있었다.

펙!

이현이 발로 악영인의 장딴지를 걷어찼다.

"어이쿠! 형님, 왜 갑자기 사람을 때리는 거유?"

"이런, 거기 있었어?"

"예에?"

"내가 지금 아주 위험한 상태라서 말야. 손과 발이 제멋대로 움직여서 말야."

"으악! 그만하쇼! 그만하라고요!"

악영인이 연달아 날아오는 이현의 발길질에 비명을 터뜨리며 팔짝거리며 뛰어다녔다. 이현의 각법이 어느 때보다 정묘하게 그의 하체를 죽어라 공격해 댔기 때문이다.

결국 악영인이 이현에게서 3장이나 멀어졌다.

도저히 간격을 넓히지 않고선 이현의 공격을 방어해 낼 재간이 없다는 판단을 내린 것이다.

그러자 이현이 마치 그렇게 되길 처음부터 기다렸다는 듯 몸을 돌려 바람같이 순양객점을 향해 신형을 날렸다.

"망할! 형님, 정말 이러기유!"

"……"

악영인이 버럭 소리 질렀으나 이현은 대꾸도 하지 않았다. 목연과 함께 순식간에 사라져 갔다.

＊　　　　＊　　　　＊

"으음!"

목연은 나직한 신음과 함께 눈을 뜨려다 이맛살을 살짝 찌푸려 보였다.

눈이 부시다.

눈을 쉽사리 뜰 수 없을 정도다.

'벌써 시간이 이렇게 된 건가? 아니, 그보다 여긴 어디지?'

목연은 강단이 있으나 아름다운 여인이다.

부친인 대학사 목극연이 사망한 후 숭인학관을 홀로 이끄느라 강인해졌다곤 하나 아직 시집도 가지 않은 몸이었다.

시험이 끝나자마자 사라진 이현과 악영인이 걱정돼 새벽까지 그들을 찾아다니며 위험천만한 일을 몇 번이나 만났다.

중간중간 기지를 발휘해서 위기를 넘기긴 했으나 내심 크게 놀란 상태였다.

숭인학관이 위치한 청양 일대에선 그녀의 부친 대학사 목극연에 대한 존중이 그녀에게까지 이어졌다.

유현장의 이공자 유정상 일당에게 희롱당한 일을 제외하곤 단 한 번도 이번 같은 위기감을 느낀 적이 없었다.

그래서 그녀는 고심 끝에 이현과 악영인을 찾아다니는 걸 중간에 포기하고 숙소인 순양객점으로 돌아왔다. 그곳에서 두 골치덩이 학생이 돌아오길 기다릴 작정이었다.

하나 그들의 복귀는 생각 이상으로 늦었다.

새벽.

거의 날이 밝아올 때에야 두 사람은 돌아왔다. 그리고 그들이 무사한 모습을 확인하고서야 목연은 혼절했다. 일시에 긴장의 끈이 풀리며 오래전에 몸을 침범한 한기에 정신을 잃어버리고 만 것이다.

미간을 찌푸린 채 여기까지의 과정을 조심스럽게 되짚어 본 목연의 얼굴이 가볍게 붉어졌다.

제자들이라 할 수 있는 이현과 악무산에게 허술한 모습을 보였다는 생각에 부끄러움을 느꼈다.

그때 방문이 열리며 이현이 들어왔다.

"목 소저, 들어가겠습니다."

'이미 들어와 놓고서……'

목연이 이현을 향해 살짝 눈살을 찌푸려 보이고 침상에서 몸을 일으키려다 가볍게 휘청거렸다. 그녀의 생각보다 몸이 크게 쇠잔해져 있었던 것이다.

슥!

이현이 어느새 다가와 목연의 휘청거리는 상반신을 손으로 조심스레 받쳐 줬다. 그리고 말한다.

"목 소저는 간밤에 몸에 한기가 크게 침범해서 몸살이 크게 들었습니다. 한동안 요양을 해야 하니까 더 누워 계십시오."

"어찌 그럴 수 있겠습니까? 시험을 치룬 학생들과 함께 학관으로……."

"이미 그들 중 대부분은 숭인학관으로 돌아갔습니다. 이곳 순양에는 몇 사람만 남았으니 목 소저는 마음을 푹 놓고 계십시오."

"…그랬군요."

목연이 다소 안도한 표정으로 대답한 후 다시 얼굴을 붉혀 보았다. 돈 걱정을 하는 자신의 내심을 이현에게 들켰다는 생각이 들었기 때문이다.

근래 유현장에서 돌려받은 몇 개의 사업체 덕분에 숭인학관의 재정은 꽤 윤택해진 게 사실이었다. 모친의 약값조차 부족해 목연이 직접 산에 가서 약초를 캐야 했던 때와는 비교 자체가 안 된다고 할 수 있었다.

그러나 근래 청양에서 일어난 대화재로 인해 목연은 예전보다 훨씬 더 심한 긴축재정을 펼치고 있었다. 청양 재건 사업에 들어가는 비용이 평소보다 월등히 치솟아 올랐다. 오히려 예전보다 훨씬 자금이 쪼달리게 된 것이다.

물론 그녀만의 고민이었다.

숭인학관의 누구에게도 그녀는 부족해진 자금 사정을 털어

놓지 않았다. 그게 바로 청양에서 오랫동안 존경을 받아왔던 숭인학관을 이끌어가는 사람의 책무라 여겼다.

'그런데 이 공자에겐 이미 들켰던 거로구나……'

부끄러움과 동시에 고마움이 느껴진다.

숭인학관 제일의 골칫덩이!

항상 공부는 하지 않고 농땡이만 피우는 이가장의 공자가 이렇게 미덥게 느껴진 건 처음이었다.

그때 이현이 목연의 이마를 손가락으로 살짝 대어보고 엄격한 표정으로 말했다.

"목 소저, 아직 열이 완전히 떨어지지 않았으니 좀 더 누워 계십시오!"

"예, 그러지요."

어쩐 일로 선선히 이현의 말을 들은 목연이 침상에 누우며 문득 생각난 듯 말했다.

"이 공자님, 제가 더 이상 걱정할 일은 없겠지요?"

"예?"

"군자는 오로지 스스로의 인격도야에 힘쓸 뿐 명리를 쫓지 않는 법입니다! 설혹 시험의 결과가 좋지 않다 하여 나쁜 마음을 품어서는 안 될 것입니다!"

'쳇! 이미 날 떨어질 대상으로 확정한 건가? 하긴 그래서 밤새 여인의 몸으로 걱정하며 찾아다닌 걸 테지?'

이현은 내심 혀를 차면서 고개를 흔들어 보였다.

문득 한심한 생각이 들었다.

학문의 길!

부친 이정명의 강압적인 교육이 싫어서 이가장을 뛰쳐나온 후 이현과는 관계없는 길이었다. 신경조차 쓰고 싶지 않았다. 자신이 선택한 무인의 삶을 부정하고 싶지 않았기 때문이다.

그래서 고모 이숙향의 강압적인 요청으로 인해 입학한 숭인학관에서도 공부에 집중하고 싶지 않았다. 그냥 어떻게든 약속한 3차 시험만 통과하면 된다고 생각했다. 그걸로 부친 이정명에게 느낀 감정적인 빚을 갚고자 한 것이다.

그러나 목연의 진실한 눈빛과 걱정 어린 말에 이현은 조금 마음이 흔들리는 걸 느꼈다. 가냘프고 약한 그녀에게 걱정을 끼치는 게 부끄럽다는 생각이 들었다.

'하아! 결국 나는 아버님과 고모님, 그리고 목 소저 모두에게 실망만 안겨주게 되는 것인가?'

내심 한숨을 내쉬며 이현이 목연의 방을 나왔다.

술이 고프다!

목연의 상세도 호전됐으니, 악영인을 불러서 해장술이라도 마시러 가야 할 듯싶다.

*   *   *

청양으로 향하는 관도.

수개월 전 종남파를 떠난 청천백일검 원광도장은 걸음을 옮기며 입가에 쓴웃음을 짓고 있었다.

이현의 생가인 이가장.

그곳에서 만난 이현의 고모 이숙향은 정말 만만찮은 여인이었다. 원광도장이 온갖 방법으로 이현의 행방을 탐문했으나 허점을 전혀 찾아낼 수 없었다.

그래서 그는 다시 하오문의 힘을 빌릴 수밖에 없었다.

은연중 의기투합한 섬서 하오문 분타주 혈갈 진화정을 다시 찾아가서 이현이 유학을 갔다는 숭인학관의 탐문을 부탁한 것이다.

그러나 하필 그곳은 개방의 세력이 강성한 곳이었다.

하오문의 정보망에도 구멍이 발생할 수밖에 없었다. 개방의 세력권 안에서 정보활동을 한다는 건 하오문뿐 아니라 어떤 무림 세력이라도 부담스러울 수밖에 없는 일이었기 때문이다.

그래도 진화정은 이상할 정도로 원광도장에게 협조적이었다.

그녀는 꽤나 조심스럽게 청양 일대로 하오문도들을 보내서 숭인학관에 관한 정보를 수집해 왔다. 이번 일만 잘 끝나면 그녀에게 반드시 후사를 해야겠다는 생각이 들 정도의 헌신이었다.

하지만 그녀가 전해준 결과물이 정말 괴이했다.

'숭인학관에 이현이란 학생이 있긴 한데 나이가 약관을 넘지 않았다고 하니, 이걸 어찌 받아들여야 한다는 말인가? 설마 이 사제가 역용술이라도 펼치고 있다는 것인가?'

이현에 대해 누구보다 잘 안다고 자부하는 원광도장이었다.

그가 종남파에 입문했던 소년 시절부터 사형들 중 누구보다 가깝게 지내왔다.

출종남천하마검행!

마검협이라는, 정파인으로선 결코 영예롭지 못한 무명을 이현에게 안겨준 그 비무행을 그는 사형제 중 유일하게 지지했다. 평생 화산파에 짓눌려 살아왔던 사부 종남일선 풍현진인의 숙원을 마음 깊숙이 이해했기 때문이다.

무학의 길!

고되고 험난하다!

특히 원광도장과 같은 범재에겐 더욱 그러했다.

범재.

평범한 재능을 타고난 자.

그게 원광도장이 냉정하게 내린 스스로에 대한 판단이었다.

그리고 그건 다른 사형제들 역시 마찬가지였다. 각자 어느 정도의 차이가 있을 뿐 풍현진인의 제자들의 무공 성취는 비슷했다. 누구 한 명 확 치고 올라가는 자가 없었다.

어쩔 수 없는 일이다.

화산파에 검종을 창시한 운검진인이 나타난 후 섬서성의 인재들은 종남파를 철저히 외면했다.

어차피 시작할 거 이인자가 되고 싶지 않은 게 사람의 습성이었다. 천하제일문파로 우뚝 선 화산파가 있는데, 굳이 같은 지역 내에서 완전히 밀려 버린 종남파에 입문하고 싶진 않은 게 당연했다.

분명 그런 이유였을 것이다.

반드시 그래야만 했다.

종남파의 무공이 화산파에 결코 못하지 않았기에.

당연히 막내 사제 이현의 출현은 사부 풍현진인에게는 한 줄기 단비나 다름없었을 터였다.

천재!

그것도 종남파 역사상 다시 볼 수 없는 천생무골이 바로 이현이었다.

종남파에 입문한 후 몇 년 만에 그가 이룬 무학의 진보는 상상을 불허할 정도였고, 풍현진인은 승부를 걸 때가 왔음을 깨달았다.

화산파에서 총력을 다해서 키워낸 천하제일인 운검진인!

종남파라고 해서 하지 못할 리 없다.

풍현진인은 종남파 내부의 모든 반대를 무릅쓰고 이현을 막내 제자로 받아들였고, 자신의 말년을 그에게 모두 쏟아부었다. 평생 단 한 번도 넘지 못했던 운검진인을 꺾기 위한 염원을 막내 제자 이현에게 전달한 것이다.

당연히 사형제들에게 있어 막내 사제 이현의 존재는 껄끄러움 그 자체였다.

평균적으로 수십 년의 나이 차이.

종남파 무공을 연마한 세월 역시 그만큼의 차이가 존재했다.

그런데 이현은 단숨에 그 같은 차이를 소멸시켰다.

사부 풍현진인에게 가르침을 받은 지 십수 년이 지나지 않아서 종남파 제일고수의 자리를 꿰어찬 것이다.

그리고 그는 홀연히 비무행을 떠났다.

사형제들의 의견 따윈 묻지도 않고 종남파를 떠나서 천하를 상대로 자신의 무위를 마음껏 떨쳤다. 정파인답지 않게 악명 높은 마검을 휘두른다는 악명과 함께 말이다.

'사실 그냥 소문에 불과했다. 진짜 이현 사제가 마검을 휘둘러 악행을 저질렀다는 증거는 어디에서도 나오지 않았어. 그런데도 사형제들은 이현 사제를 조사동에 가뒀다. 비검비선대회를 대비하라는 명목으로 껄끄러운 그를 제거한 것이야. 그래서 나는 의심했다. 이현 사제가 종남파에 환멸을 느껴서 조사동을 탈출한 게 아닌가 하고 말이다. 그런데 대과 시험을 위해 숭인학관이란 곳에 유학을 갔다니! 역시 그것만큼은 믿기가 힘들구나! 무엇보다 이현 사제는 타고난 천생무골일 뿐 글공부하곤 완전히 담을 쌓은 사람이었으니까……'

이게 바로 원광도장이 의심하는 바였다.

다시 말하지만 그는 종남파 사형제 중에서 그나마 이현과 친분이 돈독한 편이었다.

다른 사형제들과 달리 그는 현실적인 성격이라 바로 이현의 천재성을 인정했다. 범재인 자신으로선 결코 천재인 이현을 무공으로 따라잡을 수 없다는 걸 빨리 받아들였다.

그 같은 이유로 그는 이현이 글공부에는 결코 재능이 없다는 것 역시 파악하고 있었다.

범재인 그나 다른 사형제가 이현보다 훨씬 더 많은 학문적 소양을 지녔다. 전진파에서 시작된 도가 계열 문파인 종남파의 제자들은 도학에 대한 공부 역시 병행해야 했는데, 이현은 이조차 광장히 버거워했기 때문이다.

그래서 원광도장은 몇 번이나 진화정에게 숭인학관에 대한 재탐문을 요구하고서야 직접 청양으로 가 볼 마음이 들었다.

숭인학관에 있는 약관의 학생을 제외하곤 섬서성의 어떤

곳에서도 이현에 대한 정보를 파악할 수 없었다. 일 할의 가
능성도 없다곤 생각했으나 확인 작업 정도는 하는 게 마땅하
단 판단이었다.

그렇게 마뜩지 않은 상념 속에 청양을 향해 걸음을 재촉하
던 원광도장의 눈살이 가볍게 찌푸려졌다.

'이 소리는… 파공음? 그것도 상당한 숫자의 인원이 싸우는
소리다!'

굳이 내공을 귀에 전이시켜 청각의 능력을 극대화시키는 천
시지청술을 발휘할 필요도 없었다.

파공음의 진원지는 상당히 가까웠다.

대략 삼십여 장 밖 정도?

슉!

원광도장이 자신의 뒤를 얌전히 따르고 있던 남운에게 엄
하게 말했다.

"남운, 채연이를 데리고 당장 인근의 수목림으로 몸을 피하
도록 하거라!"

"예?"

"그리고 혹시 반 시진이 넘어도 내가 돌아오지 않으면 바로
종남파로 돌아가도록 하거라! 네 목숨을 바쳐서라도 채연이를
지켜야 함은 알고 있으렸다?"

"최, 최선을 다하겠습니다!"

"믿으마."

원광도장이 남운의 어깨를 가볍게 두드려 준 후 곧바로 검을 뽑아 들고 파공성이 터져 나온 진원지를 향해 신형을 날렸다.

이곳은 섬서성!

천하 무림인들에겐 화산파밖엔 보이지 않을 테지만 종남파의 땅이기도 했다. 감히 이곳에서 소란을 피우는 걸 종남파제자로서 결코 묵과할 수 없는 것이다.

그렇게 순간적으로 까마득한 점으로 변해 버린 원광도장을 남운은 복잡한 표정으로 바라봤다.

그는 종남파 삼대 제자의 대사형이었다.

그 말인즉슨 후일 종남파를 이끌어갈 동량이란 뜻이었다.

당연히 그는 원광도장의 갑작스러운 행동과 당부의 말이 의미하는 바를 정확히 알아들었다.

'원광 사숙조님은 종남파에서도 다섯 손가락 안에 드는 고수이시다! 그런 분이 내게 이만큼이나 진지하게 말씀하셨다는 건 목숨을 걸어야 할 싸움이 임박했다는 의미일 것이다! 하지만 나는 원광 사숙조님을 버리고 종남파로 도망갈 수 있을까?'

어려운 일이다.

원광도장의 추상같은 명령을 들었으나 마음이 내키지 않았다. 사숙조를 버리고 도망가는 게 어찌 종남파 삼대 제자의 대사형일 수 있겠는가?

그때 전채연이 특유의 해맑은 표정으로 말했다.

"대사형, 원광 사숙조님은 어딜 저리 급하게 가시는 거예요? 처음부터 저렇게 빨리 뛰어가실 수 있었으면 날 좀 업어주셨으면 좋았을 텐데……."

"채연 사매, 다리 아파?"

"…예! 채연이 다리 아파요! 종남파를 떠난 후에 계속 걸어다녀서 신발도 이렇게 해어져 버렸어요!"

"정말 그렇네?"

남운이 허리를 숙여서 전채연의 신발을 보고 손으로 먼지를 툭툭 털어줬다.

종남파 장문 사조가 가장 아끼는 손녀딸!

그래서 항상 어리광을 잘 부린다.

아무래도 험난한 무림에 출도한 게 무리일 터였다.

그래서 남운이나 원광도장 모두 전채연을 특별히 관리하고 있었다. 혹시라도 그녀에게 무슨 일이라도 생기면 장문 사조를 볼 면목이 없었기 때문이다.

'그러니 나는 원광 사숙조님의 명을 따를 수밖에 없겠구나! 채연 사매를 무사히 종남파로 돌려보내는 것이야말로 내 목숨을 바쳐서 수행해야 할 임무일 테니까!'

내심 마음을 가다듬은 남운이 여전히 칭얼거림이 얼굴에 남아 있는 전채연을 달래듯 말했다.

"채연 사매, 그렇게 다리가 아프면 내가 업어줄까?"

"에에!"

"왜? 왜 그래요?"

"대사형, 그러면 안 돼요!"

"뭐, 뭐가 안 되는데?"

"본래 우리가 무림인이고 동문수학한 사이이긴 해도 엄연히 남녀가 유별한데 어떻게 대사형 등에 업히겠어요?"

"하지만 방금 전에 채연 사매는 원광 사숙조님한테 업히고 싶다고 했잖아?"

"그야 원광 사숙조님은 문파의 존장이시잖아요? 할아버님과 동배분이시니까 남녀유별이란 말이 통용되지 않는 거죠! 대사형, 딴 데 가서 다 큰 숙녀한테 그런 말을 하시면 큰일 나요! 자칫 잘못하면 대사형이 환속해서 가정을 꾸려야 하는 일이 벌어지고 만다고요!"

"난 아직 도사가 되지도 않았는데?"

"도사 할 거잖아요?"

"그야……"

남운이 말을 채 잇지 못하고 머뭇거리자 전채연이 거보라는 표정으로 고개를 끄덕거렸다.

"그럴 줄 알았어요! 대사형은 항상 윗분들 말을 정말 잘 듣는 사람이니까요!"

"…그게 잘못된 건가?"

"잘못된 건 없어요. 앞으로 도사가 돼서 여자만 만나지 않는다면요."

"뭐?"

"아! 됐구요! 우리 어서 수목림 쪽으로 가요. 원광 사숙조님이 명하신 대로 따르실 거잖아요?"

"……"

남운이 전채연의 갑자기 확 바뀐 태도에 혼란스러운 표정을 지어 보였다. 항상 어리광만 부리던 그녀의 변신을 따라잡기가 힘들었기 때문이다.

전채연이 그 모습을 바라보며 내심 한숨지었다.

'이런 바보 같은 대사형 같으니라고! 여자가 본래 싫다고 하는 건 좋다는 뜻인데 말야… 그런데 정말 대사형, 도사가 되어 버리는 건 아닐 테지?'

종남파의 백치꽃!

순수함과 꽃다운 미모로 뭇 종남파의 젊은 제자들을 설레게 하는 전채연의 본심이었다.

하지만 그녀의 그 같은 마음을 아는지 모르는지 남운은 다시 깊은 고민에 빠져가고 있었다. 전채연의 말이 틀리지 않는다는 생각이 들었다. 그는 방금 전까지도 원광도장의 명대로 사매 전채연 보호에만 신경을 쓰려 했기 때문이다.

'나, 나는 어찌해야 하는 걸까? 도무지 모르겠구나! 도무지 모르겠어!'

이럴 때는 이현 사숙조가 조금 그립다.

툭하면 고민에 빠진 자신의 엉덩이를 발로 걷어찬 후 확고부동한 자세로 명령을 내리던 그가 말이다.

第四章

이 바보들아! 잘 싸웠다! 아주 자알 싸웠어!

스스스스슥!

원광도장이 펼친 건 종남파의 보신경 중 하나인 부운신공(浮
雲神功)이었다.

종남파에는 대여섯 가지의 보신경이 존재하는데, 그중 원광
도장에겐 부운신공이 가장 잘 맞았다. 스스로 범재라고 자평
한 만큼 무공의 천재인 이현처럼 종남파 무공의 대부분을 섭
렵하지 않았다.

딱 하나!

평생에 걸쳐 갈고닦아서 진경에 오를 수 있는 무공만을 그

는 평생 동안 집중해서 연마했다. 그게 자신 같은 범재가 그나마 무림에서 살아남을 수 있는 길이란 판단이었다.

그래서 원광도장이 완성한 보신경은 부운신공뿐이었다.

다른 보신경은 그냥 변화 정도만 파악했을 뿐 여태까지 수련에 힘을 쏟은 적이 없었다.

그리고 마찬가지로 다른 무공 역시 똑같았다.

그는 평생 단 하나의 검법과 단 하나의 수법, 단 하나의 금나수, 단 하나의 신공만을 연마했다. 그 외의 것은 아예 관심도 기울이지 않았다.

일로정진(一路正眞)!

평생 변치 않는 자세로 살아왔다.

그렇게 종남파의 손꼽히는 고수 중 한 명이 된 것이다.

부운신공의 속도를 점차 높여가며 원광도장은 눈살을 가볍게 찌푸려 보였다.

'점차 파공성이 심해져 가고 있다! 그런데 생각했던 것과는 조금 다른 것 같은데?'

처음 파공성을 들었을 때 원광도장은 다수에게 고통받는 소수를 떠올렸다. 사방에서 날아드는 암기 속에서 홀로 고군분투하는 비장한 무인의 모습이 뇌리에 자리 잡은 것이다.

그런데 파공성의 진원지로 가까이 다가가며 생각이 바뀌었다.

다수 대 소수!

그 예측은 맞았다.

그러나 소수자가 핍박받고 있는 것 같진 않았다.

오히려 반대의 경우랄까?

'으음, 이렇게 되면 내가 누굴 도와야 하는지 난감해지는 상황이지 않은가?'

원광도장은 내심 침음을 흘렸다.

아무래도 오지 말아야 할 곳에 온 것 같았기 때문이다.

그때 그를 향해 몇 발의 화살이 날아들었다.

경고인가?

그렇다고만 보기엔 생각 이상으로 기세가 세차다. 단 한 발만 허용하더라도 목숨이 위험할 듯싶다.

스파앗!

원광도장이 검을 뽑아 강하게 휘둘렀다.

자신을 노리며 날아든 화살을 단숨에 베어버렸다.

그런 후 신형을 미세하게 진동시키자 그의 주변으로 다시 대여섯 발이 넘는 화살이 떨어져 내렸다. 미지의 궁수들은 처음부터 원광도장을 한차례 공격만으로 제압할 수 없다는 판단을 내리고 있었음이 분명하다.

원광도장이 바닥에 꽂힌 화살의 깃대를 살피고 눈살을 가볍게 찌푸려 보였다.

'관부의 것이 아니로구나! 그렇다면 무림 세력 간의 다툼이란 것인데…….'

내심 빠르게 염두를 굴린 원광도장이 내공을 모아 버럭 소리 질렀다.

"빈도는 종남파의 원광이라 하외다! 어디에서 온 손님들인지 모르겠으나 이곳은 섬서성이란 걸 잊지 말아주시오!"

"종남파의 청천백일검에게 실례가 많았구려! 우리 모두 이곳이 섬서성이란 걸 알고 있으니 청천백일검께서는 가던 길이나 살펴 가시도록 하시구려!"

'고수! 목소리가 사방에서 회오리치며 들려오는 게 최소한 절정급 중 중상의 무위를 지녔다고 봐야겠구나!'

원광도장의 안색이 살짝 굳었다.

그는 섬서성 무림에서 누구나 인정하는 종남파 대표 고수 중 한 명이었다. 마검협 이현을 제외하면 못해도 종남파에서 다섯 손가락 안에 드는 무위를 지녔다고 할 수 있었다.

그러나 그의 무위는 십수 년 전부터 절정의 경지를 크게 넘어서지 못하고 있었다. 무림의 최정상급이라 할 수 있는 화경에도 훨씬 못 미칠뿐더러 같은 절정급 중에서도 중상이라 자처하지 못하는 게 사실이었다.

당연히 목소리 주인의 말투 속에 담긴 오만함의 근원을 쉽사리 파악할 수 있었다. 그는 지금 원광도장과 종남파를 대놓고 무시하고 있었던 것이다.

원광도장의 시선이 다시 바닥에 꽂힌 화살을 살폈다.

최소 절정급의 중상 수준에 달한 고수!

그가 이끌고 있는 숫자 불명의 궁수들!

모두 원광도장 혼자선 감당키 어려웠다. 당장 그는 목소리의 주인인 절정고수는 둘째치고, 그가 이끄는 궁수들의 위치조차 파악하지 못한 상황이었다.

꾸욱!

결국 원광도장이 검을 쥔 손에 힘을 가하며 울컥한 심사를 삭혔다. 이렇게 불리한 상황에서 싸움을 벌일 순 없다는 판단을 내린 것이다.

그런데 바로 그때였다.

"크악!"

"우악!"

잇단 비명성과 함께 원광도장이 향하고 있던 관도 저편에서 한 명의 노무인이 모습을 드러냈다.

그냥 모습만 드러낸 게 아니다.

그의 양손에는 각기 한 사람씩 붙들려 있었는데, 흡사 풍차처럼 마구 휘둘러 댔다. 그를 노리며 날아드는 화살의 비를 막아내기 위함이었다.

당연히 노무인에게 붙들린 두 사람은 고슴도치로 변해 목숨을 잃어버렸다.

처음부터 그렇게 될 운명이었던 것처럼 말이다.

"우와아!"

"우와아아아!"

그러자 사방에서 함성이 터져 나오며 노무인을 향해 수십 명이 넘는 무인들이 달려들었다.

각양각색의 복색!

그들의 손에 들린 병장기 역시 다양했고 움직임은 산만했다. 원광도장에게 화살을 쐈던 궁수들과 달리 통일된 명령을 받는 하나의 무림 세력에 속한 자들은 아닌 게 분명하다.

'게다가 저들의 무위는 내게 화살을 쏜 자들과 비교할 때 현격할 정도로 떨어진다. 저 노무인의 움직임으로 볼 때 저들보다 몇 배의 숫자라 해도 큰 위협은 되지 않을 것 같구나.'

원광도장의 생각대로였다.

"크악!"

"으악!"

"으헉!"

노무인을 향해 달려들던 각양각색의 무인들은 단숨에 박살 났다. 여전히 노무인의 양손에 붙잡혀 있던 고슴도치가 된 시체에 얻어맞고 이리저리 날아갔다.

압도적!

노무인은 놀라운 무위를 발휘해 단숨에 자신을 향한 포위 공격을 돌파했다.

그런데 그 모습을 본 원광도장이 눈살을 가볍게 찌푸려 보였다.

'이건 몰이다. 저 노무인은 지금 사냥꾼에게 쫓기는 야수처럼 점차 막다른 골목으로 몰이를 당하고 있어. 그리고 그 막다른 골목은… 바로 저곳이다!'

원광도장의 시선이 파죽지세로 포위 공격을 돌파한 노무인이 향하고 있는 산등성이 쪽을 향했다. 노무인을 합공했던 무인들의 무질서한 듯 보였던 움직임 중 가장 허술해 보이던 공간을 본능적으로 파악해 낸 것이다.

그리고 바로 그때였다.

패앵!

대기를 떨어 울리는 맹렬한 소리와 함께 질풍노도처럼 내달리던 노무인이 바닥에 무너져 내렸다. 소리보다 빨리 날아온 화살이 정확하게 목을 꿰뚫어 버린 것이다.

"이런!"

원광도장이 나직한 탄성과 함께 자신도 모르게 노무인을 향해 신형을 날려갔다.

본능이다.

무인의 피가 그렇게 시켰다.

다수를 상대로 용전분투를 벌인 노무인의 모습에 원광도장은 내심 감탄하고 있었던 것이다.

그런데 그가 막 노무인 앞에 도달했을 때였다.

휘릭!

갑자기 바닥에 쓰러져 있던 노무인이 신형을 일으켜 세우더니, 벼락같은 장력을 원광도장을 향해 퍼부었다. 평생 경험해 본 적이 없을 정도로 강력한 장공!

"갈!"

원광도장이 일성대갈을 터뜨리며 수중의 검을 휘둘렀다. 자신을 노리며 파고든 노무인의 태산을 무너뜨릴 듯한 장력에 저항하기 위해 태을무형검(太乙無形劍)을 펼쳐낸 것이다.

쩌엉!

원광도장의 검에서 쇠종이 갈라지는 듯한 굉음이 일어났다. 노무인이 갑작스레 쏟아낸 장력과 태을무형검의 검기가 부딪치며 일어난 충돌음이었다.

"크윽!"

원광도장의 입에서 신음이 흘러나왔다.

태을무형검의 검기를 교묘하게 변화시켜서 노무인의 장력을 깎아냈는데, 조금 부족했던 듯싶다. 단 한 번의 격돌로 가숨속이 답답해져 왔다. 목구멍에서 피냄새가 나는 게 내상을 당했음을 알겠다.

그러나 원광도장은 오히려 목청을 높여 노무인에게 경호성을 발했다.

"화살의 공격을 조심하시오!"

"나도 안다!"

차가운 대답과 함께 노무인이 예의 무시무시한 장력을 일으켰다.

불룩!

순간적으로 노무인의 수장이 두 배쯤 커지더니, 또다시 그를 노리며 날아든 화살을 직격해 버렸다.

밀종대수인!

신마맹주 휘하 십팔로령주 중 한 명인 철목령주의 독문 무공이 화살을 날려 버린 것이다.

얼마 전 청양 성원장에 나타났던 그는 이현과 다시 상대해 보고 싶은 마음에 신마맹주의 명을 거역했다. 사실 오래전부터 신마맹과 자신이 맞지 않는다고 생각해 왔기에 자연스럽게 신마맹주와 대립하는 상황에 이르렀다.

그 후 그는 쭉 신궁령주가 이끄는 마궁철기대에 쫓기고 있었다.

신마맹에서 지략과 병법이 탁월하기로 정평이 난 신궁령주!

그는 차근차근 철목령주의 목을 죄어 왔다.

솜씨 좋게 그를 몰아붙여서 체력과 내력을 소모시켰다. 수를 셀 수 없을 정도로 많은 잔부상을 당하게 한 건 덤이었다.

덕분에 철목령주는 현재 바짝 신경이 곤두서 있었다.

자신을 돕기 위해 신형을 날려온 원광도장을 오해해 공격한 것도 평소와는 달라진 모습이었다. 사흘이나 잠을 자지 못하고, 휴식 역시 취할 수 없었기에 이미 정신력이 크게 훼손되어 버린 것이다.

그때 두 사람을 노리며 다시 예의 무인들이 몰려들었다.

포위진을 펼친 채 서서히 압박을 가해 왔다.

철목령주가 목을 스치며 어깻죽지에 박힌 화살을 뽑아 들며 소리쳤다.

"네놈들이 정말 오늘 모조리 죽고 싶은 게로구나!"

"……."

"……."

철목령주의 노호와 같은 기세에 무인들의 얼굴이 공포로 물들었다.

그들은 알고 있었다.

자신들 같은 삼류 수준의 무인 수십 명으로는 결코 철목령주나 원광도장 같은 절정고수를 이길 수 없다는 걸 말이다.

그런데 그들이 머뭇거리며 동요를 보인 것과 동시였다.

쉐액!

쉐쉐쉐쉐쉐쉐!

하늘에서 폭우처럼 화살의 비가 떨어져 내렸다. 여태까지 날아들었던 화살과는 비교조차 되지 않는 엄청난 양!

그리고 그 화살비의 범위는 철목령주와 원광도장뿐 아니라 그들을 포위하고 있던 무인들 전체를 포함하고 있었다. 그 정도로 광범위한 영역에 수천 발이 넘는 화살이 떨어져 내린 것이다.

도망칠 방법?

그딴 건 없었다.

그럴 만한 양이나 범위 공격이 아니었다.

"악마 같은 놈!"

"어찌 이런 금수만도 못한 짓을!"

철목령주와 원광도장이 동시에 분노하며 각자 자신들이 펼칠 수 있는 최고의 신공을 펼쳐냈다. 오직 살아남기 위해 두 사람은 손을 잡을 수밖에 없었다.

*　　　　　*　　　　　*

'드디어 사냥이 끝났군!'

신궁령주는 하루 밤낮에 걸쳐서 설치했던 자신의 함정에 걸려든 철목령주를 바라보며 내심 중얼거렸다.

이번 사냥은 그에게 있어서 큰 도전이라 할 수 있었다.

예상보다 철목령주의 무공이 훨씬 고강했기 때문이다.

그러나 결국 그는 또다시 성공했다.

신마맹이 섬서성에 포섭해 놨던 여러 조직들을 적당히 활용해서 심복지환이 될 수도 있던 철목령주를 잡았다. 중간에 예상치 못했던 종남파 고수 청천백일검 원광도장이 끼어들긴 했으나 큰 문제될 건 없었다.

화산파나 북궁세가가 아니라 종남파다.

뒷수습만 확실하게 끝내고 사라지면 될 터였다. 언제나 그랬던 것처럼 말이다.

그런데 그가 사냥의 마지막 끝맺음을 위해 자신의 벽월궁을 들어 올릴 때였다.

흠칫!

벽월궁의 시위에 얹어져 있던 손가락이 가벼운 경련을 일으켰다.

'무슨 일이지?'

의아하다.

예상치 못한 일을 만나게 되었다. 사냥의 끝마침을 위해 직접 벽월궁을 든 자신의 손끝이 떨리고 있는 모습은 생경함 그 자체였다.

하나 그는 사냥에 최적화된 사람이었다.

보통의 무림 고수와 달랐다.

이 같은 떨림은 본능이 움직인 것이나 다름없었다. 눈앞의 다 죽어가는 사냥감보다 훨씬 더 그를 긴장시키는 무언가를 감지하고서 말이다.

'후우! 과연 그게 무언지 궁금하구나? 그리고 어쩌면 내 사냥도 여기까지일지도……'

신궁령주는 머릿속에 떠오른 상념을 살짝 흐렸다.

일격필살!

벽월궁을 들었을 때 그가 항상 되뇌는 말이다. 그 같은 강력한 염원을 담아서 활의 시위를 당긴다. 어떠한 이유로도 활을 든 궁수는 과녁을 앞에 두고 집중력을 흐트러뜨려선 안 되기 때문이다.

빙글!

그 같은 생각과 함께 신궁령주가 벽월궁의 방향을 돌렸다.

찰나의 순간 내린 결정!

그리고 그의 손가락이 활처럼 휘어진 벽월궁의 시위에서 떨어졌을 때였다.

퍽!

신궁령주가 어딘가에서 날아온 돌에 얻어맞고 바닥에 쓰러졌다.

쉐엑!

그것과 동시에 벽월궁을 떠난 한 발의 화살!

팍!

한 사나이의 손에 붙잡혔다.

이현.

방금 전 돌멩이를 던져서 신궁령주의 머리를 박살 낸 그가 천두대구식을 펼쳐서 화살을 낚아챈 것이다.

그야말로 눈 깜빡할 사이에 벌어진 일!

이현이 자신도 모르게 크게 소리쳤다.

"와! 놀래라!"

그가 낚아챈 화살!

신궁령주 궁술의 총화가 담겨 있는 일격이었다. 그걸 중간에 낚아챘으니 손이 정상일 리 없다. 순간적으로 달아올라서 화끈거려 왔다.

살짝 손바닥 껍질이 벗겨졌을지도 모르겠다.

그러나 이현은 일단 자신의 손바닥 사정을 살피는 걸 뒤로 미뤘다. 신궁령주가 쓰러지자 그의 주변을 지키고 있던 일궁이 지시를 내려 마궁철기대로 하여금 이현을 공격하게 했기 때문이다.

마궁철기대의 일제 사격과 철기병의 돌격!

방금 전 사냥감이던 철목령주와 원광도장을 향해 가해졌던 대규모 연환노의 공격에 버금간다.

자신들의 우상이나 다름없는 신궁령주를 지키기 위해서 이현을 향해 전력을 다해 공격을 가해왔으니까.

물론 이현 또한 이 같은 상황을 예상치 못했을 리 없다.

슥!

그가 발끝으로 지축을 찍듯이 밟더니, 순식간에 마궁철기대와의 간격을 좁혀 들어갔다.

첫 번째 화살의 폭우는 피할 수 없다.

이미 늦었다.

어쩔 수 없이 몸으로 막을 수밖에 없다.

그러니 그의 목적은 두 번째 화살 공격을 사전에 파훼하는 것이었다. 화살을 쏴대면서 말을 달려오는 마궁철기대와 한데 엉킴으로써 싸움을 난전으로 바꾸기 위함이었다.

그래도 문득 아쉬움이 든다.

'쳇! 청명보검이 없는 게 아쉬워지는 일이 생길 줄은 몰랐

는데······.'

숭인학관에 유학을 오면서 그는 청명보검을 이가장에 놔두고 왔다. 무림인에게 있어 무가지보나 다름없는 청명보검을 가지고 다니다가 자신의 정체가 드러날 걸 우려했기 때문이다.

게다가 부친 이정명을 만난 후 그는 예전보다 무공이 상승했다고 생각했다.

청명보검 같은 단금절옥의 보검이나 평범한 초목죽석(草木竹石)이 동일한 경지에 도달했다는 의미다.

즉, 손에 풀이나 나무, 대나무, 돌멩이 따윌 들고서도 얼마든지 청명보검을 든 것 같은 위력을 발휘할 수 있는 자신감이 있었던 것이다.

그리고 그 믿음은 방금 전까지 통용되었다.

그다지 큰 마음의 변동이 없었다.

자신을 향해 맹렬히 날아들고 있는 수백 발의 화살과 그에 버금가는 숫자의 마궁철기대와 맞닥뜨리기 전까진 말이다.

'······뭐, 이가 없으면 잇몸으로 씹으면 되는 거지!'

이현은 곧 현실을 받아들였다.

어차피 후회 따윌 해봤자 이가장 뒷마당에 파묻혀져 있는 청명보검이 어검비행을 해 날아올 리 만무하다. 그냥 죽은 자식 거시기 만지기나 다름없었다.

그러니 지금은 현실에 충실하게 해결책을 마련해야 할 때였다.

자! 그럼 어떻게 해야 하려나?

순간 이현의 전신에서 뭉클거리며 별빛 강기가 뿜어져 나왔
다.

은하천강신공(銀河天罡神功)

단언컨대 종남파의 신공 중 가장 패도적이고, 강력한 호신
강기공이었다.

대성만 한다면 밤하늘에 가장 찬연히 빛나는 은하수가 흘
러넘치듯 전신으로 강기가 뻗어 나온다.

그리고 그 무수히 많은 별빛의 격류와 같은 강기는 모든 걸
파괴해 버린다. 은하천강신공과 부딪친 모든 걸 말이다.

투탕!

투타타타타타타타타타탕!

은하천강신공의 별빛 강기에 휩쓸린 화살들이 흡사 콩을
볶는 소리와 함께 사방으로 튕겨져 나갔다.

단 한 발도 은하천강신공의 호신강기를 뚫고 들어오지 못했
다. 흡사 폭풍에 휘말린 나뭇잎처럼 이현의 몸 밖으로 사라져
갔다.

철목령주의 사냥을 끝내기 위해 대기하고 있던 마궁철기대

일진으로 하여금 이현을 공격하게 한 일궁이 경악했다.

"이, 이런 말도 안 되는!"

어느새 그의 곁으로 다가든 이궁과 삼궁이 소리쳤다.

"일궁, 신궁령주님을 모시고 몸을 피하시오!"

"그렇소! 일궁, 저자는 악마요! 신궁령주님을 모시고 당장 이곳에서 물러나시오! 이곳은 우리가 마궁철기대와 함께 어떻게든 막아볼 테니까!"

일궁의 눈빛이 살짝 흔들렸다.

'내가 지금 여기서 신궁령주님과 함께 도망치면 마궁철기대는 끝장난다! 이궁과 삼궁은 마궁철기대와 함께 옥쇄를 선택한 것임에 분명하다!'

형제와 다름없는 이궁과 삼궁이다.

함께 오랜 세월을 함께해 왔다.

그들을 마궁철기대 전원과 함께 포기한다는 건 죽는 것만큼 힘든 결정이었다.

그러나 일궁은 마궁철기대의 명실상부한 이인자였다. 신궁령주가 중상을 당한 이상 최종 판단을 내릴 명령권자는 그 외엔 없었다.

'정말 무자비하구나! 순식간에 마궁철기대 일진 전력의 절반을 박살 내다니!'

다시 이현 쪽을 살핀 일궁이 이궁과 삼궁에게 한 차례 고개를 끄덕여 보이고 재빨리 신궁령주를 업었다.

마음의 결정을 내린 이상 망설일 이유는 없었다.

그는 뒤도 돌아보지 않고 신형을 날려 도망쳤다. 형제 같던 이궁과 삼궁의 생사는 머릿속에서 이미 지워 버렸다. 마궁철 기대 전원의 목숨 역시 마찬가지다.

오로지 단 하나!

주군인 신궁령주를 구하는 것만 생각했다. 그게 지금 자신 이 할 수 있는 일의 전부란 판단을 내린 것이다.

그사이 이궁과 삼궁이 하늘로 화살을 쏘아 올렸다.

이현에 대한 공격이 아니다.

다른 방면에 대기하고 있던 마궁철기대의 다른 병력에게 보 내는 신호였다. 어느새 마궁철기대 일진이 거의 전멸할 상황 에 처해 있었기 때문이다.

퍽! 퍼퍽!

이현은 전신에 은하천강신공을 두른 채 마궁철기대를 연달 아 박살 냈다. 호신강기를 사방으로 뻗어내어 말과 함께 돌격 해 온 철기병들을 하나도 남김없이 부숴 버렸다.

처음에 의도했던 난전!

그러나 곧 이현은 자신의 예상과 달리 상황이 돌아가고 있 음을 깨달았다.

압도적인 무위의 발현!

당연히 마궁철기대가 물러날 거라 여겼다. 꼬리를 말고 도망갈 거라 생각했다.

하나 마궁철기대는 그의 예상보다 강력했다.

정신적으로나 육체적으로 한 번도 경험한 적이 없던 정예, 그 자체였다.

극도로 혼잡한 난전 속에서 마궁철기대는 하나, 둘 쓰러져 갔다. 이현의 은하천강신공을 향해 연신 창칼을 찔러 넣다가 오히려 목숨을 잃어버린 것이다.

후퇴?

그딴 건 처음부터 고려의 대상조차 되지 않았던 것 같다. 그들은 전멸 직전까지 끈질기게 이현을 붙잡고 늘어졌다. 그렇게 하는 것이 자신들의 목숨을 건 의무라도 되는 것처럼 그리했다.

그리고 그들이 전멸을 목전에 두었을 때였다.

"우와아아아아!"

"우와아아아아!"

이현을 향해 마궁철기대의 이진과 삼진이 거친 파도와 같이 밀어닥쳤다.

꿈틀.

이현의 눈꼬리가 슬쩍 치켜 올라갔다.

살기!

오랜만에 마검협의 피가 끓어오른다.

순수한 분노로 인해 몸 전체에 맹렬한 투기가 일어나고 있다.

이 순간 모든 게 이해됐다.

마궁철기대가 이렇게까지 자신을 붙잡고 늘어지는 이유에 대해서 말이다.

'이런 씨발놈들을 봤나! 지금 밑에 애들 뒈지라고 등 떠밀고 위에 놈들만 튄 거야?'

이현이 가장 싫어하는 짓이다.

용서할 수 없는 행동이었다. 절대로 그냥 놔둘 수 없었다.

티앙!

문득 자신을 향해 창을 찔러온 창병의 창대를 발로 걷어찬 이현이 공중으로 가볍게 뛰어올랐다.

대충 성인 남성의 머리 높이 정도 될까?

그 정도 높이에서 회전을 한 이현의 손에는 어느새 평범한 박도 한 자루가 들려 있었다.

여태까지 그의 몸을 철두철미하게 지켜주고 있던 은하천강신공은 이미 씻은 듯 사라졌다.

호신 따윈 이미 관심 밖!

마궁철기대를 전멸시키고픈 마음 역시 없다!

이현은 전력을 다해 기감을 확장시켰다. 단숨에 수백 장 밖까지 자신의 기감을 퍼뜨렸다. 자신에게 합공을 명령하고 지들은 뒤로 쏙 빠진 비겁자들을 찾아내기 위함이었다.

'저쪽이다!'

확인과 함께 이현의 손에서 박도가 떠나갔다.

대천강검법!

그중 최강의 삼 초식 중 하나인 천강천리혈이다.

천강의 빛이 천 리 밖까지 날아가 한 점 핏물을 흘리게 만든다는 의미의 초식명. 그에 걸맞는 위력을 지금 이 순간 발휘했다. 순식간에 수백 장의 거리를 가로질러 공격을 지시하던 이궁과 삼궁을 직격한 것이다.

"컥!"

"헉!"

짤막한 단말마와 함께 이궁과 삼궁의 목이 잘려 바닥에 떨어져 내렸다. 앞으로 더는 공중으로 화살을 쏘아 올려 마궁철기대에게 명령을 내릴 수 없으리라.

슥!

이현이 공중에서 회전하며 주인 잃은 말의 안장 위에 내려섰다.

히히히힝!

말이 운다.

그리고 이현을 포위한 마궁철기대의 마음 역시 비슷했다.
갑자기 이궁과 삼궁의 명령이 끊겨 버려서 어찌해야 할 바를
모르게 된 것이다.

이현이 그런 마궁철기대를 오연하게 바라보다 내심 고개를
흔들어 보였다.

'망할 놈들! 여전히 단 한 명도 물러설 생각이 없는가 보군.
죽을 때까지 나와 싸울 셈인 거야.'

도대체 어떤 문파 소속인 걸까?

어떤 지독한 문파 소속이기에 이렇게까지 하는 것일까?

이현은 천하를 종횡하며 거칠 것 없이 지냈던 출종남천하
마검행 당시를 떠올렸다.

당시 그가 비무를 위해 찾아갔던 문파 중 어떤 곳의 무사
도 이렇게까지 하진 않았다는 생각이 들었다.

아니면 여태까지 자신이 세상의 이면을 잘 모르고 있었던
것일까?

내심 다시 고개를 흔들어 보인 이현이 단전에 힘을 실어 어
느 때보다 강렬하게 소리쳤다.

"이 바보들아! 잘 싸웠다! 아주 자알 싸웠어! 하지만 네놈들
에게 명령을 내리던 대장은 이미 도망가 버렸다! 네놈들을 몽
땅 버렸다고! 그런데도 계속 나랑 싸울 셈이냐? 나한테 몽땅

죽을 거야?"

"……."

"나는 그러고 싶지 않다! 더 이상 너희 바보놈들을 죽이고 싶지 않아졌어! 지금부터 다섯을 셀 테니까, 이딴 싸움질 따위 그만두고 달아나라! 오늘 정말 잘 싸웠으니까 당당하게 어깨 펴고 달아나도 괜찮아!"

"……."

마궁철기대는 침묵했다. 망설였다. 혼란스러워했다. 이현의 진심이 담긴 말에 일시 어찌할 바를 모르게 되었다.

이럴 때 신궁령주는 뭘 하고 있는 걸까?

그의 휘하에 있는 일궁, 이궁, 삼궁 등은 또 왜 아무런 신호도 보내지 않는 걸까?

의심은 회의를 낳는다.

이현이 만든 잠깐 동안의 여유.

동료의 몸에서 쏟아져 내린 피냄새가 극도의 흥분으로 인해 마비되어 있던 이성을 일깨웠다. 빠르게 그 같은 변화를 확산시켜 갔다.

그리고 최종적으로!

일사불란하던 신마맹 최정예 마궁철기대의 전열을 무너뜨렸다.

"우아아아아아아!"

결국 마궁철기대가 도망치기 시작했다. 이현에 대한 포위를 풀고 쇠 냄새 자욱하던 병장기와 말까지 버리고 사방으로 흩어져 갔다.

그렇게 또 하나의 싸움이 끝난 것이다.

第五章

신마맹과의 악연이 시작되다!

"끄으으!"

철목령주는 전신에 다섯 대나 화살을 맞은 채 힘겨운 신음을 흘려내고 있었다.

평생 중 최악이려나?

아니다.

두 번째 정도 되는 것 같다. 과거 사형제들이 그를 배신하고 공격했던 것에 비하면 그리 최악은 아니었다.

어찌 됐든 그는 이번에도 살아남았다.

조금 아프긴 하지만 그리 큰 문제는 아니었다. 아직까지는 말이다.

"크아앗!"

일순 철목령주가 기력을 발휘해 몸속에 박혀 있던 화살을 뽑아냈다. 아직 몸 안에 남아 있는 천룡천강력을 쥐어짜 내어 호신강기를 일으킨 것이다.

그리고 잠시 힘겹게 숨을 헐떡거린 철목령주가 고개를 돌려 바닥에 죽은 듯 쓰러져 있는 원광도장을 바라봤다.

신마맹주의 사주를 받은 마궁철기대주 신궁령주와의 싸움!

그 속에 갑자기 뛰어든 원광도장의 도움을 부인할 수는 없다. 그 덕분에 주변을 포위 공격하던 자들을 빨리 쓸어버렸고, 때마침 하늘에서 쏟아져 내린 화살의 비에 대비할 시간을 벌었으니까.

하지만 그건 어디까지나 원광도장의 자의적인 행동이었다.

철목령주는 그에게 도움을 요청하지 않았다. 만약 죽기 직전까지 몰렸다 해도 그러지 않았을 것이다.

과거 신마맹주와 맺은 악연!

아주 지긋지긋했다.

사형제들의 배신으로 인해 죽음 직전까지 몰렸다가 그의 도움으로 살아난 후 철목령주는 자신의 이름을 잃어야만 했다. 평생을 함께 해왔던 별호를 버려야 했다. 이름 역시 사용하지 못했다.

오로지 무림에서 암중 활동하는 비밀 세력 신마맹의 철목령주로서 존재하게 된 것이다.

이는 명예와 명성을 목숨보다 더 중시하는 무림인에게 있어 정말 견디기 힘든 일이었다. 특히 포달랍궁의 신공절학을 얻어서 일약 초고수의 반열을 넘보게 된 철목령주에겐 더더욱 그러했다.

그래서 철목령주는 이번 기회에 신마맹과의 인연을 정리하고, 다시는 다른 어떤 사람의 도움도 받지 않을 작정이었다. 그렇게 다시 자기 자신의 별호와 이름을 되찾고 독보강호를 하고자 했다.

'그런데 이 망할 도사 놈이 제멋대로 뛰어들어 버리다니!'

짜증이 치솟는다.

부상을 당한 부위가 욱신욱신 쑤셔왔다.

그래도 어쩔 수 있는가?

"쓰헐!"

불편한 속내를 드러낸 투덜거림과 함께 철목령주가 원광도장의 맥을 살피기 시작했다. 원치 않았다곤 하나 도움을 받았으니 그가 죽는 걸 그냥 내버려 둘 순 없다는 판단을 내린 것이다.

'원광 사형······.'

마궁철기대를 패퇴시키고 이현은 바로 그들이 공격하던 곳으로 신형을 날려 왔다.

그러자 보이는 광경!

다름 아닌 피투성이가 된 철목령주와 사형 원광도장이 처참한 꼴로 뒤엉켜 있는 모습이었다.

이상한 짓이 아니다. 내가의 고수가 중상을 입은 사람에게 취할 수 있는 최상, 최고, 최선의 치료였다.

진기요상(眞氣療傷)!

진기로 내상을 치료하는 치료술을 뜻한다. 고도의 의학적 지식과 막강한 내공, 모두가 없다면 결코 취할 수 없는 상승의 요상술이라 할 수 있었다.

당연히 이런 치료를 타인하게 하는 건 쉽지 않은 일이다. 자신의 내공진기를 상당히 손해봐야 할뿐더러 치료 과정이 위험천만하기 때문이다.

그런데 철목령주는 자기 자신도 심각한 부상을 당한 주제에 원광도장에게 이 진기요상을 시전하고 있었다. 그의 몸에 박힌 화살을 하나하나 제거한 후 자신의 내공을 잔뜩 불어넣고 있는 것이었다.

'…그러니 지금 내가 끼어들 수는 없겠구나! 진기요상술 중간에 조금이라도 외부의 충격을 받게 되면 시전자와 피시전자 모두에게 심각한 상해가 남을 수 있으니까!'

이현이 내린 판단은 합당했다.

만약 그가 원광도장에게 진기요상을 펼친다 해도 그 점은 달라지지 않을 터였다.

그런데 그 전에 한 가지 짚고 넘어갈 일이 있다.

이현은 어떻게 철목령주와 마궁철기대의 싸움에 끼어들게 된 것일까?

설명하려면 대략 두 시진 전의 순양으로 돌아가야만 하겠다.

                    *   *   *

순양.

이현은 허탈한 표정으로 악영인을 찾아다녔다.

동방 속담에 개똥도 약에 쓰려면 없다더니, 악영인이 딱 그 짝이다.

평상시엔 부르지 않아도 뻔질나게 찾아오던 악영인이다.

귀찮을 정도로 자신에게 지분거렸다.

특히 술 냄새를 맡는 데는 타의 추종을 불허했다.

어떤 곳이든 술과 관계된 곳에는 여지없이 모습을 드러내곤 했다.

그런데 이번엔 달랐다.

그리 크지 않은 순양 시내를 한참이나 돌아다녔음에도 이현은 악영인을 찾을 수 없었다.

그럼 어떻게 할까?

잠시 고심하던 이현은 발길을 다시 순양객점으로 돌렸다. 혼자서 독주를 삼키고 싶은 생각은 없었기 때문이다.

그런데 순양객점으로 향하던 그가 갑자기 발걸음을 멈췄다.

빠르게 거리를 가로지르는 몇 명의 움직임.

범상치가 않다.

수상했다.

겉으로 보기엔 일반인인 듯하나 발걸음의 속도가 상당히 민첩했다. 무공을 숨긴 자들의 움직임이 분명한 것이다.

'하오문… 인가? 그런데 꽤나 부산스럽군. 필경 뭔가 큰일이 발생한 게 틀림없어!'

내심 눈을 빛낸 이현이 하오문도로 보이는 자들 중 하나의 뒤를 은밀히 뒤쫓았다. 움직임으로 볼 때 가장 무공이 높은 자를 골라냈다.

툭!

"뭐?"

인적이 드문 골목을 가로질러 가던 암중귀 소원은 자신의
어깨를 두드리는 손길에 인상을 찌푸렸다.

슉!

어느새 그의 손에는 날카로운 단도 하나가 들려져 있다. 본
래 직업이 도수(소매치기)였다. 이런 식으로 뒤를 선점 당했으
니 곧바로 반격을 가해야만 한다. 그게 순양 일대 하오문에서
이름 높은 도수이자 정보통인 암중귀 소원이 여태까지 살아
남을 수 있었던 원동력이었다.

그러나 이번엔 상대를 잘못 만났다.

틱!

소원이 단도를 끄집어내자마자 이현은 그의 완맥을 손날로
때렸다.

"어이쿠!"

"계속 죽는 소리 하게 해줄까?"

살벌한 이현의 말에 소원이 품에서 독약 주머니를 찾고 있
던 손을 슬그머니 빼냈다.

상상을 초월할 정도의 고수를 만났다.

강호의 밑바닥을 전전하는 하오문도로서 사태 파악은 빨리
할 필요성이 있었다.

이현이 입가에 흐릿한 미소를 매달았다.

"과연 하오문이로군. 길게 얘기하지 않아도 좋아."

"무슨 용무신지요?"

"무슨 일이 벌어졌기에 일대 하오문도들이 부산스러워진 거지?"

"그야……."

"공짜로 알려달라는 건 아냐."

이현이 품에서 은자 한 냥을 꺼내서 소원의 손에 쥐어줬다. 정보 값을 준 것이다.

그러자 소원의 태도가 확 바뀌었다.

"…고객이셨군요! 그런데 이 정보는 꽤 중한 것이라 이 정도 금액으로 알려 드리긴 힘듭니다!"

"그럼 고객이 아니라 강도가 될까?"

"천만의 말씀이십니다! 강도보다는 고객이 낫습지요!"

재빨리 손사래를 쳐 보인 소원이 조심스럽게 말했다.

"갑자기 청양 일대로 정체불명의 무림 세력들이 집결하고 있습니다!"

"어떤 무림 세력인데?"

"그것까지야 저희들로선 알 재간이 없지 않겠습니까? 청양 쪽은 개방의 영역이니까요. 하지만 한 가지 분명한 건 이번 사태에 종남파가 관계되어 있다는 겁니다."

"종남파?"

"예, 수일 전부터 종남파의 청천백일검 원광도장 일행이 청양을 향하고 있었거든요."

"……."

이현은 내심 인상을 찌푸렸다.

올 것이 왔다는 느낌이랄까?

종남파에서 자신을 붙잡기 위해서 원광 사형을 보낸 것이다. 아마 그 외에도 몇 명 더 포함되어 있을 테고 말이다.

그런데 왠지 찜찜하다.

정체불명의 무림 세력이 집결한다는 말에서 얼마 전 처리했던 마왕마적대가 떠올랐다.

시험이 바빠서 마왕마적대의 뒤처리를 운칠에게 일임하긴 했으나 신경 쓰이는 일이 있었다. 그들이 본거지를 떠나 순양쪽으로 약탈행에 나선 것은 결코 우연이 아니었기 때문이다.

'신마맹이라고 했나? 그런 무림 조직에 대한 얘기는 한 번도 들어본 적이 없었는데…….'

당금 무림은 누가 뭐라 해도 정파천하다.

화산파에서 천하제일인 운검진인이 나온 이후 마도나 사도를 대놓고 추종하는 무리는 모조리 자취를 감췄다. 적어도 문파의 이름에 대놓고 '마(魔)'를 집어넣을 정도로 간담이 큰 자들은 존재하지 않았다.

그런데 신마맹이라니!

누가 봐도 악을 추종하는 무리가 아닌가!

이런 문파명으로 활동하는 것만으로 당금 무림에서는 무림 공적으로 몰릴 소지가 농후했다. 그만큼 정파 천하는 단단하게 무림에 뿌리를 내리고 있었던 것이다.

그러나 그건 표피에 불과할 뿐일지도 모른다.

정파 천하의 위세에 마세는 그냥 수면 아래로 가라앉아 있을 수도 있었다. 무림의 오랜 역사가 말해주듯 도고일척(道高一尺)이면 마고일장(魔高一丈)이니까 말이다.

하나 애석하게도 운칠은 신마맹에 대해 아는 바가 거의 없었다.

애초부터 무림에 전혀 이름이 알려지지 않은 신비조직답게 신마맹과 마왕마적대는 이해타산적인 관계였다. 신마맹에서 사람을 보내 재물과 식량을 지원해 주고, 마왕마적대가 그들의 일을 도와주는 거래 관계였던 것이다.

철저한 점조직!

'마'를 내세운 신비조직으로선 기본이라 할 수 있겠다.

그렇게 잠시 신마맹에 관해 생각을 정리한 이현이 다시 품에서 은 한 냥을 꺼내 소원에게 주며 말했다.

"이름이 어떻게 되시오?"

"헤헤, 암중귀 소원이라 합니다."

"앞으로 종종 도움 좀 받읍시다."

"좋은 고객을 어찌 마다하겠습니까? 나중에 절 찾으시려거든 순양의 영취루에 와 앵화에게 암중귀를 불러달라 하십시오."

"그러지."

이현이 담담한 대답과 함께 소원의 앞에서 사라졌다.

청천백일검 원광도장과 그 일행!

사문 종남파와 관계된 일이다. 이런 곳에서 시간을 허비하고 있을 때가 아니었다.

$*$ $*$ $*$

'후우! 역시 이번 일도 신마맹이란 놈들과 관계된 일이겠지? 그럼 근래 청양 일대에서 벌어졌던 화재나 사건 역시 그놈들과 연관된 일이라는 건데……'

생각할수록 눈살이 찌푸려진다. 자신이 유학하고 있는 숭인학관 일대에서 이런 일이 계속 발생하는 게 마음에 들지 않았기 때문이다.

게다가 이번에 그들에게 피해를 입은 건 원광 사형이었다.

종남파에서 그나마 사이가 나쁘지 않았던 사형이다.

항상 겉으론 무뚝뚝해도 사부 풍현진인과 더불어 이현에게 가장 큰 기대를 품고 있던 사형이기도 했다.

그런 원광도장의 창백한 얼굴을 보자 이현은 가슴속에서 부아가 치밀어 오르는 걸 느꼈다.

신마맹!

사람 잘못 건드렸다.

오늘, 종남파를 건드린 대가는 반드시 백 배, 천 배로 대갚음할 것이다.

내심 다짐하던 이현의 안색이 변했다.

원광도장에게 진기요상술을 펼치고 있던 철목령주의 몸이 부들부들 떨리기 시작한 것과 동시의 일이다.

'···주화입마다! 저 노인장의 무공이 쓸 만하긴 하지만 종남파의 내공을 압도할 정도가 아니라서 진기요상 중에 내부 싸움에 들어가 버리고 만 것이다!'

주화입마!

내공을 연마하는 사람에게 있어서 최악의 상황을 뜻한다.

하늘의 기운을 받아들여서 정묘한 내공심법에 의해 움직여야 하는 진기가 제멋대로 몸속을 파괴하게 되기 때문이다.

당연히 절정의 반열에 오른 내가고수들은 항상 주화입마를 경계한다. 내공 수련을 할 때 이중, 삼중으로 안전책을 강구해 놓는 이유 역시 그와 같은 이유였다.

그런데 눈앞의 철목령주는 이미 상당한 중상을 당한 상태에서 원광도장에게 진기요상술을 펼쳤다. 그의 목숨을 구하기 위해서 안전책 따위 무시하고 내공을 운기했고, 지금 그 대가를 치루고 있었다.

부들! 부들!

원광도장의 명문혈과 단전에 양손을 갖다 댄 채 철목령주는 연신 몸을 떨었다.

흡사 학질이라도 걸린 것 같다.

노안 가득 땀방울이 송골송골 맺히더니, 급기야 주르륵 흘러내리기 시작했다.

주화입마가 확실하게 온 것이다.

한 사람을 살리려다 두 사람이 죽게 생긴 형국!

'빌어먹을! 노부가 이렇게 개죽음을 당하게 될 줄이야! 이런 곳에서… 이렇게 허무하게……'

철목령주는 내심 한탄했다. 욕했다.

한데, 바로 그때였다.

슥!

갑자기 하늘에서 떨어져 내린 이현이 철목령주의 명문혈에 자신의 손을 갖다 댔다.

'…도대체 무슨 짓을 하려고? 으허억!'

내심 긴장하던 철목령주의 동공이 크게 확장되었다. 자신의 명문혈을 통해 이현의 압도적인 내력이 노도와 같은 기세로 밀려들어 왔기 때문이다.

그리고 이현이 말한다.

"노인장, 정신 집중하고 체내에 퍼져있는 모든 진기를 단전으로 되돌리시오! 지금부터 진기요상은 내가 맡을 테니까!"

'이놈아! 주화입마에 빠진 상태에서 그게 그렇게 쉽게 되…네? 어라? 어라라라?'

철목령주는 잠시 얼떨떨한 표정을 짓다가 얼른 정신을 집중했다.

주화입마에 확실하게 빠져들고 있었다.

이제 그냥 죽는 수밖에 없다고 생각했다.

그런 상황에서 이현이 명문혈로 전달해 주고 있는 강대한 내력은 하늘에서 내려온 동아줄이나 다름없었다. 이런 동아줄이 날이면 날마다 오는 게 아니다. 어찌 덥석 붙잡지 않을 수 있겠는가.

철목령주는 두 번 생각할 것도 없이 이현의 말대로 자신의 내력을 단전으로 되돌렸다. 기의 바다라 불리는 기해혈로 하나도 남김없이 내공진기를 가둬 버린 것이다.

그렇게 무주공산이 된 철목령주의 육체!

그 속으로 이현의 내공이 물밀 듯이 밀어닥쳐서 주화입마 초입에 들어서며 망가진 기경팔맥과 세맥을 빠르게 수복시켰다. 망가진 기맥의 벽을 단단히 하고, 다시 상처가 나지 않도록 내벽 공사를 해준 것이다.

그로 인해 철목령주는 향후 좀 더 높은 경지로 무공을 향상시킬 때 꽤나 유리한 위치를 점하게 되었다. 내력을 강하게 밀어붙여서 임독양맥을 타통하고 화경에 들어설 수 있는 전환점에 들어서게 되었다는 의미다.

기연!

철목령주, 다 늙어서 평생 만나기 힘든 기연을 얻었다.

그런 후 이현은 그 여세를 몰아서 사형 원광도장의 내상 역시 빠르게 치유시켰다. 이미 철목령주가 기초 공사를 해둔 상태였기에 이현이 할 일은 그리 많지 않았다. 어차피 원광도장의 부상 중 칠 할은 외상이었기에 내상 치료는 급한 불을 끄는 정도로 충분했기 때문이다.

'대충 끝났나?'

이현이 두 사람의 내기를 완벽하게 채운 자신의 내공진기를 살핀 후 내심 고개를 끄덕여 보였다. 뒤늦게 뛰어들어서 잔뜩 힘을 써야 했지만 두 사람을 모두 살렸다. 누구도 죽지 않았으니, 일단은 대성공이라 할 만했다.

스으으!

이현이 내공을 거둬들였다.

그러자 우연히 얻은 기연의 단맛에 빠져 해롱대고 있던 철목령주가 아쉬운 마음에 입맛을 다셨다. 이현의 도움으로 강건해진 기경팔맥과 전신세맥을 확인한 후 은연중 임독양맥의 즉각적인 타통까지 염두에 두고 있었다. 본래 쇠뿔도 단김에 빼어야만 하는 것이다.

그러나 이현은 이미 막대한 내공을 사용했다.

다시 자신의 임독양맥 타통까지 도움을 달라고 하기엔 염치가 없었다. 본래 남에게 아쉬운 소리를 하거나 도움을 받는 걸 가장 꺼려 하는 철목령주였다.

슥!

그때 내공을 완전히 갈무리한 이현이 철목령주의 명문혈에서 손을 떼어냈다.

뭉게! 뭉게!

어느새 그의 전신에는 뿌연 수증기가 구름처럼 뿜어져 나오고 있었다. 그리고 머리 위에 나타난 선명한 기의 고리!

'헉! 설마 등봉조극(登峰造極)의 경지란 말인가!'

등봉조극이란 삼화취정이나 오기조원의 경지를 넘는 최고의 무공 경지를 뜻한다. 다른 말로는 육식귀원이라고도 하는데, 주로 도가 계열의 무공을 극치까지 완성했을 때 상징적인 의미로 사용되곤 한다.

그러니 굳이 세속적으로 말하자면 등봉조극은 초절정을 뜻하는 화경을 뛰어넘는 현경 정도의 위치라 볼 수 있었다.

강호 호사가들이 떠들어대는 현경이 천하제일인의 지위를 뜻하는 상징적인 무공 경지이니, 그 지고함은 굳이 더 말할 필요가 없을 터였다.

당연히 철목령주 역시 평생 동안 등봉조극이나 현경의 고수를 만나본 적이 없었다.

굳이 한 사람 꼽자면 신마맹주 정도를 떠올릴 수 있겠으나 내심 회의적으로 생각했다.

무공이 천하제일의 위치에 오른 절대고수라 보기엔 그는 지나치게 조심스러웠다.

항상 모든 걸 꼼꼼하게 파악하고 세세한 부분까지 챙겨서 내심 좀생이라 여겼다.

이는 공자의 말과 일맥상통하는 면이 있는데, 그는 논어 위정 편에서 이렇게 말했다.

나는 나이 열다섯에 학문에 뜻을 두었고(吾十有五而志于學),
서른에 뜻이 확고하게 섰으며(三十而立),
마흔에는 미혹되지 않았고(四十而不惑),
쉰에는 하늘의 명을 깨달아 알게 되었으며(五十而知天命),

예순에는 남의 말을 듣기만 하면 곧 그 이치를 깨달아 이해하게 되었고(六十而耳順),

일흔이 되어서는 무엇이든 하고 싶은 대로 하여도 법도에 어긋나지 않았다(七十而從心所欲 不踰矩).

철목령주가 생각하기에 천하제일인을 논할 수 있는 등봉조극이나 현경은 공자가 말한 70살 종심(두보는 고희라 했다)에 비견할 만했다.

즉, 무학의 수발에 있어 나아가고, 거둬들임이 자유자재이고, 제멋대로 행한다 해도 결코 형과 식에서 어긋남이 없어야만 하는 것이다.

아!

생각만 해도 짜릿하다.

가슴이 두근거려 온다.

철목령주는 평생 꿈꿔왔던 절대적인 무공 경지를 이현에게서 엿보고 마음이 쩡해지는 걸 느꼈다. 비록 자신이 이룬 것은 아니나 그냥 그 가능성을 눈으로 확인한 것만으로 가슴이 벅차오르는 희열을 맛보았다.

그때 순간적으로 대방출한 내공의 손실을 보충하기 위해 대기에 떠도는 영기를 한껏 빨아들인 이현이 눈을 떴다.

평상시엔 흐릿하던 눈빛이 일시적으로 강렬한 신광을 일으켰다. 보는 것만으로 눈이 멀 것 같은 강한 기운을 뿜어낸 것이다.

잠시뿐이다.

곧 평상시와 다름없는 신색을 회복한 이현이 살짝 인상을 찌푸려 보였다. 자신을 홍조 띤 얼굴로 뚫어져라 쳐다보고 있는 철목령주의 시선이 꽤나 부담스러웠기 때문이다.

그래도 그는 학사의 길을 걷는 자로서 노인에게 따뜻해지기로 마음먹고 있었다. 실제론 그 학사의 길이 곧 끝날 위기에 처했으나 여전히 장유유서란 가르침을 잊어버리진 않았다.

"노인장, 어디 아프시오?"

"아, 아닐세……."

"그럼 그만 좀 쳐다보시오. 부담스러우니까."

"…그렇게 함세."

철목령주가 낯을 더욱 붉히며 시선을 돌리다 다시 이현을 힐끔 쳐다봤다. 여전히 그의 얼굴에서 미련을 떼지 못한 것 같다.

그러거나 말거나 이현은 자리에서 일어나 여전히 혼수상태에 빠져 있는 원광도장의 맥을 짚었다.

'역시 내상은 충분히 치료되었다. 이제 외상을 치료하면서 반년가량 요양하면 다시 원기왕성한 청천백일검 원광 사형으로 돌아오실 수 있겠어.'

다행이다.

혹시라도 원광 사형이 잘못되었다면 그는 당장 글공부를 때려치우고 신마맹을 박살 내러 다녀야만 했을 터였다. 그들을 완전히 멸망시키기 전까진 결코 다른 어떤 일도 하지 않고 천하를 돌아다녔을 게 분명했다.

마검협 이현!

출종남천하마검행을 했던 종남파의 제자는 바로 그와 같은 사람이었으니까.

그럼 이제 무얼 처리해야 할까?

잠시 생각을 정리한 이현이 철목령주에게 단도직입적으로 질문했다.

"노인장, 신마맹이란 곳과 어떤 사이시오?"

"말할 수 없네."

"모른다고 하지 않는 걸 보니, 역시 이번 일은 신마맹과 관련된 일이겠군?"

"부인하진 않겠네."

"그리고 한마디 더 해야 하는 거 아니오?"

"……"

철목령주가 의아한 표정을 지어 보이자 이현이 자신의 가슴을 살짝 두드리며 말했다.

"감사의 인사!"

"그걸 꼭 들어야만 하겠나?"

"물론이오!"

단호한 이현의 말에 철목령주는 눈에서 콩깍지가 떨어져 나가는 걸 느꼈다.

천하제일의 무공 경지?

공자가 말한 자유자재의 경지?

개뿔!

이현은 단지 이현이었다. 무공은 뛰어날지언정 그에 걸맞은 인격은 형성되지 않은 애송이었다.

"감사의 인사 따윈 하고 싶지 않으니까 그냥 노부를 한 대 때려라!"

"후회할 텐데?"

"전혀!"

이현만큼 단호한 철목령주였다. 정말 기골만큼은 인정하지 않을 수 없을 것 같다.

'뭐, 그래서 이런 모습, 싫지 않으니까…….'

내심 피식 웃어 보인 이현이 화제를 바꿨다.

"…여기 도사분은 종남파의 장로인 청천백일검 원광도장이 시오. 혹시 예전부터 알던 사이시오?"

"오늘 처음으로 본 사이다. 내 싸움에 갑자기 끼어들어서 이 꼴이 되어버렸어. 노부는 절대 도와달라는 말을 하지 않았는데 말이야."

"그래도 고마웠던 게지요?"

"원한은 몰라도 은혜는 반드시 갚는 게 노부다! 노부가 원했던 건 아니지만 도움을 받은 셈이니 은혜를 갚아야만 하지 않겠느냐?"

"좋은 마음가짐이오! 그 말 꼭 잊지 마시길 바라겠소!"

"……."

"그건 그렇고 혹시 이 도사분의 동료는 어찌 됐는지 보지 못하셨소?"

"못 봤다! 내 싸움에 뛰어든 건 이 도사밖에 없었다."

'그렇다면 주변에 숨겨놨겠군!'

원광 사형에 대해 누구보다 잘 아는 이현이었다.

그가 목숨을 건 싸움을 벌이고자 했다면 종남파에 소식을 전할 사람을 뒤에 남겨놨을 터였다. 그래야 싸움에서 패배했을 때 종남파에서 뒤처리를 할 수 있을 테니까.

잠시 생각을 정리한 이현이 철목령주에게 말했다.

"나는 잠시 볼일이 있으니까 그때까지 원광도장을 부탁드리겠소."

"노부를 믿는 것이냐?"

"물론이오."

"그럼 목숨을 걸고 이 도사를 지키도록 하마."

"목숨까지 걸 필요가 있겠소?"

"목숨을 걸어야 할지도 모르지. 내 싸움은 아직 끝나지 않았으니까."

'신마맹과 정말 복잡한 관계를 맺은 게로군.'

내심 눈을 빛낸 이현이 철목령주에게 고개를 끄덕여 보이고 신형을 돌려 세웠다.

이제부터는 수색이다!

원광 사형이 몰래 숨겨 놓은 종남파의 제자들을 찾아내야만 한다. 그들에게 원광 사형의 부상을 알리고 입단속을 시켜 둘 필요성이 있었기 때문이다.

*　　　　*　　　　*

남운의 안색은 어느새 시커멓게 변하고 있었다.

원광도장이 떠난 후 사매 전채연과 주변 산속으로 숨은 이래로 줄곧 속이 타들어가고 있었다.

사숙조이자 인솔자인 원광도장을 홀로 싸움터에 보내고 자신의 안전만을 구하는 것에 대한 죄책감이 심했다. 얼마 전부터는 가슴 한구석이 계속 따끔거리기까지 했다.

아침에 먹었던 만두와 소면 냄새가 목구멍으로 넘어오는 게, 살짝 체한 게 아닌가 싶다.

그때 전채연이 양손에 꿩 두 마리를 들고 돌아왔다. 남운이 초조하게 원광도장이 돌아오길 기다리는 동안 그녀는 산속을 돌아다니며 사냥을 하고 있었던 것이다.

"대사형, 오늘 식사 해결됐어요!"

"채연 사매, 내가 돌아다니지 말라고 했잖아!"

"그래도 요기는 해야죠. 오늘 밤 여기서 노숙을 하게 될 수도 있으니까요."

"그런 소리 하지 마! 곧 원광 사숙조님께서 돌아오실 거라구!"

"그러면야 좋겠지만⋯⋯."

전채연이 말끝을 흐렸다. 남운의 시커멓게 변한 안색을 보아하니, 심한 소리를 했다간 쓰러지기라도 할 것 같았다. 가뜩이나 고지식하고 담이 작은 사람인데 괴롭혀선 안 되겠다고 생각했다.

그러나 남운은 바보는 아니다. 전채연이 말끝을 흐린 이유를 그는 바로 알아챘다.

'역시 원광 사숙조님을 혼자 보내드려선 안 되는 일이었다! 사숙조님 혼자서 싸우시다가 적의 암수를 당하시기라도 하셨다면, 이 죄를 어찌 내가 감당한단 말인가!'

남운의 안색이 점점 더 시커멓게 변해갔다.

자칫 토악질이라도 할 것 같다.

그 모습을 잠시 멍하게 바라보던 전채연이 고개를 흔들며 나뭇가지를 모아 불을 피웠다. 혼자서 꿩을 굽고, 노숙할 준비를 하기 시작한 것이다.

그러자 남운이 화들짝 놀라서 전채연이 피운 불을 재빨리 꺼버렸다. 발로 밟고 흙을 덮어서 아예 불씨 하나도 남지 않게 만들었다.

전채연의 볼이 부어올랐다.

"대사형, 뭐 하시는 거예요!"

"채연 사매, 불을 피웠다가 우리가 있는 위치를 들키면 어쩌려고 그러는 거야?"

"들켜요? 누구한테요?"

"그야……."

남운이 갑자기 말문이 막혀 머뭇거렸다. 적이 누군지, 어째서 자신들이 산속에 숨어 있는지, 어느 하나 똑 부러지게 설명할 수 없었기 때문이다.

전채연이 한숨을 내쉬었다.

"하아! 대사형, 일단 우리는 이곳에서 노숙할 준비를 해야 해요. 만약 노숙 준비도 하지 않은 상태에서 해가 져버리면 산중에서 굉장히 힘든 시간을 보내야만 할 거예요."

"채연 사매의 말이 옳기는 한데……."

"제 말이 옳으면 그냥 따르면 되는 거예요. 사실 지금 우리가 달리 할 수 있는 일도 없잖아요?"

"…크흑!"

남운이 전채연의 말에 울컥하여 눈물을 흘렸다. 생사조차 알 수 없는 원광도장을 위해 자신이 할 수 있는 일이 아무것도 없다는 생각에 마음이 너무 힘들었다.

그 모습을 보고 전채연이 다시 한숨을 짓고 남운이 망쳐놓은 노숙 준비를 처음부터 차근차근 해치워 갔다.

대사형 남운.

지금 이 순간, 전혀 그녀가 기댈 만한 대상이 되지 못하고 있었다.

第六章

마검협 이현의 이름과 무명을 맡아 두다!

잠시 후.

제법 그럴듯하게 만들어진 움막 안에 남운과 전채연은 들어가 앉아 있었다.

그리고 움막의 중앙.

바닥을 파고 나무를 쌓아서 만든 장작불 위에서 꿩 두 마리가 노릇노릇 익어가고 있었다. 남운의 말을 듣고 잠시 고민한 끝에 전채연은 연기를 가릴 움막을 먼저 만들고 불을 피우는 방법을 고안해 낸 것이다.

돌돌돌돌…….

꿩고기를 꽂아 넣은 작대기를 솜씨 좋게 돌려본 전채연이 남운에게 방긋 웃어 보였다.

"대사형, 고기가 다 익었어요. 먼저 드셔보실래요?"

"채연 사매, 나는 됐으니까 사매나 먹어."

"대사형, 오늘 아침 이후에 아무것도 안 먹었잖아요? 산속에서 밤을 보내려면 뭐라도 먹어야만 해요!"

평상시와 달리 엄격한 전채연의 말에 남운이 더 이상 거부하지 못하고 고개를 끄덕여 보였다. 원광도장이 떠난 후 갑자기 돌변한 그녀의 모습에 혼란이 일 정도였다.

한데, 남운이 막 전채연이 내민 꿩 꼬치구이를 집어들 때였다.

슥!

갑자기 움막 안으로 이현이 모습을 드러냈다. 철목령주에게 원광도장을 맡기고 주변을 살피던 중 꿩 구이 냄새를 맡고 두 사람이 있는 장소로 찾아온 것이다.

"오! 맛있겠다!"

"뭐⋯⋯."

남운은 반응조차 보이지 못했다. 움막 안으로 이현이 들어오자마자 그의 손에 들린 꿩 꼬치구이를 뺏어갈 때까지 말이다.

그러자 전채연이 움직였다.

스파앗!

그녀는 앉은 자세 그대로 가느다란 허리를 살짝 뒤로 빼내며 검을 뽑아 들었다. 여인 특유의 유연함을 십분 발휘해서 앉은 자세를 유지한 채 발검을 성공시킨 것이다.

그리고 날카로운 일격!

허리를 뒤로 젖힌 상태, 그대로 전채연의 검이 이현을 노리며 파고들었다.

검 끝에 서린 서늘한 기운!

검기다.

검이 닿기도 전에 날카로운 검의 기경이 이현의 심장 부위를 정확히 찔러 들어왔다.

그러나 하필 전채연의 상대는 이현이었다.

틱!

그가 손가락을 한 차례 튕기자 전채연의 검기는 눈 녹듯 사라졌다. 산들바람조차 되지 못하는 기운으로 변해 이현의 기다란 머리만 가볍게 흩날리게 할 뿐이다.

그러자 곧바로 허리를 튕기며 공중으로 신형을 띄워 올린 전채연!

그녀의 검날이 이번엔 이현의 목을 노린다.

"천성쾌검! 그리고 부운신공이로구나! 하지만……."

틱!

중간에 말을 멈춘 이현이 다시 손가락을 튕기자 공중에 떠 있던 전채연이 뒤로 발라당 자빠졌다. 비좁은 움막 안에서 날카로운 연속기를 펼쳤으나 이현의 손가락 두 번에 완전히 제압당해 버리고 만 것이다.

그러자 뒤늦게 정신을 차린 남운이 검을 뽑아 들고 전채연의 앞을 가로막아 섰다.

전채연보다 무공과 안목이 탁월한 남운.

그는 대번에 이현이 절대 자신들이 상대할 수 없는 강자라는 걸 눈치챘다. 두 명이서 동시에 죽기를 각오하고 덤벼든다 해도 긁힌 상처 하나 낼 수 없다는 걸 말이다.

그럼 그가 내릴 결정은 단 하나뿐이었다.

"채연 사매, 어서 도망가! 내가 저자를 어떻게든 막아볼 테니까……."

"대사형 혼자서 무슨 수로 저런 고수를 막겠다는 거예요?"

"…목숨을 걸고 막겠어! 채연 사매를 위해서 목숨을 걸겠다고!"

그때 꿩 꼬치구이가 충분히 식은 걸 확인하고 꾸역꾸역 입에 욱여넣고 있던 이현이 버럭 소리쳤다.

"얘들아 그만해라! 나, 종남파야!"

"에?"

"조, 종남파라고요?"

"어. 그렇지 않으면 어떻게 천성쾌검과 부운신공을 그렇게 어설프게 펼쳤는데도 알아볼 수 있었겠어?"

전채연이 발끈했다.

"내 천성쾌검과 부운신공이 어설펐다고 한 거예요?"

"어. 무진장 어설펐어. 천성쾌검을 앉은 자세에서 억지로 펼친 건 그나마 임기응변으로 쳐준다 해도 그 바보 같은 부운신공이라니! 그런 식으로 신법 펼치다가 잘못하면 허리 나간다!"

"정말 대단한 분이 납셨군요! 그럼 제대로 된 천성쾌검과 바보 같지 않은 부운신공을 한번 보여줘 보시죠?"

"싫어."

"에……."

"내가 왜 귀찮게 그딴 걸 보여줘야 해? 내가 너희들의 사부냐?"

"그, 그런 건 아니지만……."

"아니지? 아니잖아! 그러니까 너희들도 잔소리 하지 말고 날 대접해 봐!"

"…왜 우리가 당신을 대접해야 하는데요? 아니, 그보다 당신 진짜로 종남파 제자가 맞나요?"

"맞아."

"그럼 사부님이 누구신가요?"

"마검협 이현!"

"에엣!"

이현의 갑작스러운 등장에도 줄곧 침착함을 유지하고 있던 전채연이 자신도 모르게 소리 질렀다. 이현의 입에서 자신들이 찾아 헤매던 종남제일고수의 이름이 나오자 기쁘면서도 당황스러운 기분이 된 것이다.

그때 남운이 버럭 소리 질렀다.

"이놈! 감히 이현 사숙조님의 이름을 팔다니!"

"아! 사부님이 너희들 사숙조였어? 그럼 내가 너희들의 사숙이겠네?"

"그, 그건……."

고지식하고 융통성 없는 남운이 이현의 기습에 더듬거리며 말을 제대로 잇지 못하자 전채연이 나섰다.

"이현 사숙조님이 진짜 당신의 사부님이라고요?"

"어."

"그럼 사숙조님은 어디 계시죠?"

"나한테 이름을 맡기고 떠나셨다."

"이름을 맡기다니, 그게 무슨 소리죠?"

"나한테 사부님은 이현이란 이름과 마검협이란 무명을 잠시 맡겨 두고 멀리 떠나셨다는 소리지, 뭐긴 뭐겠냐?"

"그게 말이 되는 소리라고 생각하시는 건가요?"

"당연히 말이 안 되지!"

"……"

"그래서 나도 사부님한테 줄곧 그렇게 말했지만 그분 성격이 어디 보통이셔야지? 결국 나한테 우격다짐으로 그 같은 명령을 내리시고 떠나가셨다. 나중에 화산에서 열리는 비검비선 대회 때 만나자는 말을 남기시고 말야."

"거짓말! 거짓말!"

남운이 다시 정신을 차리고 소리를 질러대자 이현이 소매로 입가를 훔치고, 품에서 서신 한 통을 꺼냈다. 한 달 전쯤 이 같은 일이 발생할 것에 대비해 써둔 친필 서신이었다.

"이걸 읽어 봐라. 사부님의 필체가 맞는지 아닌지."

"이리 주시오!"

남운이 이현의 손에서 서신을 빼앗듯 받아들고 꼼꼼하게 그 안의 내용을 읽었다. 항상 이현이 조사동을 빠져나오면 그를 찾아서 심부름을 시켰기에 필체의 특징을 누구보다 잘 알고 있었기 때문이다.

'맞다! 이건 이현 사숙조님이 직접 쓰신 게 맞아! 이 독특하게 못 쓴 글자를 이렇게까지 흉내 낼 수 있는 사람은 종남파에서도 찾을 수 없을 거야!'

남운은 서신을 든 채 잠시 망연자실한 모습이 되었다.

마검협 이현을 찾기 위한 여정!

인솔자인 원광도장은 물론이거니와 남운과 전채연 모두 그동안 고생이 이루 말할 수 없었다. 최종 목적지를 숭인학관이 위치한 청양으로 확정짓기 전까지 섬서성의 이곳저곳을 신발이 닳도록 찾아다녀야만 했기 때문이다.

그런데 그 결과가 고작 이런 것이라니!

문득 생사조차 불분명한 원광도장을 떠올린 남운의 두 눈에서 닭똥 같은 눈물이 뚝뚝 떨어져 내렸다. 이 순간, 그 어느 때보다 종남파를 탈출한 사숙조 이현이 미웠다.

그 모습을 묵묵히 지켜보던 이현이 말했다.

"원광 사숙은 염려 마라!"

"예? 원광 사숙조님을 만나셨습니까?"

'자식, 역시 삼대 제자 제일의 고지식장이답게 바로 꼬리를 내리는군. 저기 장문 사형의 손녀딸인 전채연, 저 계집애는 여전히 날 의심하고 있는 것 같지만 말야.'

이현은 전채연을 힐끔 곁눈질하고 울다가 웃는 낯이 된 남운에게 슬쩍 웃어 보였다.

"원광 사숙은 인근을 약탈하고 다니던 마적대를 만나서 싸우다가 큰 부상을 당하셨다."

"크흐흑, 원광 사숙조님!"

"그만 울어! 이 울보야!"

다시 눈물을 흘리는 남운에게 소리치며 발로 걷어찬 이현이 말을 이었다.

"다행히 원광 사숙이 부상당했을 때 내 친구와 함께 있어서 목숨을 건질 수 있었다. 나는 나머지 마적대를 정리하느라 조금 늦게 도착한 거고 말야. 그래서 말인데……"

잠시 말끝을 흐리고 남운과 전채연을 번갈아 바라본 이현이 은근한 표정을 지어 보였다.

"…너희들은 원광 사숙을 모시고 당장 종남파로 돌아가거라. 어차피 원광 사숙의 부상은 꽤 오랫동안 정양을 해야 할 만큼 중하니까 너희들이 모셔야 하지 않겠냐?"

"그럼 사숙님도 우리와 함께 종남파로 가시지요."

"뭐?"

"사숙님도 우리와 함께 종남파로 가셔서 장문인 앞에서 전후 사정을 설명하셔야 한다는 겁니다! 저희들은 원광 사숙조님과 함께 장문인의 명령을 받고서 이곳 청양까지 온 것이니까요!"

'역시 전채연, 요 계집애, 만만찮네!'

이현이 갑자기 자신의 약점을 치고 들어온 전채연을 보고 내심 눈살을 찌푸려 보였다.

그녀의 말은 그야말로 정론!

종남파의 제자를 자처한 이현으로선 따르지 않을 도리가

없었다. 천하에 명성이 드높은 구대문파의 일좌, 종남파의 제자로서 장문인의 명령을 거역할 수 없는 건 지극히 당연한 일이었기 때문이다.

그러나 이 역시 이현은 생각해 놓은 바가 있었다.

"하하하하!"

문득 크게 대소를 터뜨린 이현이 전채연의 머리에 꿀밤을 줬다.

따악!

"아얏!"

전채연이 꿀밤을 얻어맞은 머리를 부여잡고 인상을 찌푸려 보이자 이현이 준엄하게 꾸짖었다.

"이 녀석! 감히 너희들이 마검협 이현의 대명을 맡아둔 내게 수작을 부리려 하는 것이냐!"

"수, 수작이라니! 제가 무슨 수작을 부렸다는 거예요?"

"사부님께서 떠나기 전에 말씀하셨다! 내 존재를 알아채면 반드시 종남파 제자들이 붙잡아가서 사부님 대신 조사동에 가둘 거라고 말이다!"

"그, 그건……."

"말을 더듬는 걸 보니, 내 예상대로구나! 어찌 너는 사숙인 날 능멸하려 하는 것이냐? 네가 진정 기사멸조의 대죄를 저지르려는 것이 아니더냐?"

"기, 기사멸조라니……."

전채연이 목소리를 떨더니, 결국 울상이 되었다.

그도 그럴 것이 기사멸조란 웃어른을 속이고 멸시하는 걸 뜻하는 죄로, 각 문파에서 가장 엄중히 다루는 대죄였다. 가벼운 형벌을 받더라도 내공이 전폐되고, 손발의 근맥이 끊겨서 파문을 당하는 무시무시한 죄인 것이다.

장문인의 손녀로 종남파에서는 그야말로 금지옥엽(金枝玉葉)이나 다름없던 전채연이었다. 이렇게 무시무시한 협박을 당하자 겁을 덜컥 집어먹지 않을 도리가 없었다.

그러자 남운이 나섰다.

"사, 사숙님께서는 고정하십시오. 어찌 채연 사매가 사숙님을 능멸하겠습니까? 저희들은 그저 장문인의 지엄한 명을 사숙님께 전달해 드렸을 뿐입니다. 만약 사숙님께서 저희들과 함께 종남파에 가시고 싶지 않으시다면 명하신 대로 원광 사숙조님을 모시고 떠나도록 하겠습니다."

'흐흐, 과연 남운 이놈과는 말이 잘 통하는군. 아주 잘됐어! 아주 잘… 가만? 이거 잘된 일이 아닌 것 같은데?'

이현은 내심 미소 짓다가 자신이 중대한 실수를 했다는 걸 깨달았다.

남운은 모르겠으되 전채연은 여전히 이현에게 의혹을 품고 있었다. 그녀가 종남파에 가면 반드시 장문 사형에게 오늘의 일을 말해서 오늘보다 훨씬 골치 아픈 일을 만들 소지가 컸다. 종남파의 사형제들이 대규모로 숭인학관으로 몰려올 수도 있는 것이다.

그럼 어찌해야 하려나?

잠시의 고민 끝에 이현은 손쉬운 방법을 생각해 냈다.

"그건 안 되겠다!"

"예?"

"내가 잠시 잊고 있었는데, 사부님은 만약의 사태에 대비해서 한 가지 명령을 더 내리셨다. 비검비선대회가 개최되기 전까지 나에게 한시도 쉬지 말고 종남파의 무공을 부지런히 연마하란 지시를 내린 것이다."

"……."

"그건 혹시라도 사부님께서 제 시일 내에 볼일을 끝내고 돌아오지 않으실 경우에 대한 대비였다. 그런 일이 발생할 경우 내가 사부님을 대신해서 화산에 가 당금 천하제일인의 지위를 놓고 운검진인과 비무를 벌이길 바라신 것이지."

"과, 과연! 이현 사숙조님이십니다! 사숙조님은 종남파의 명예를 역시 잊지 않고 계셨군요! 크흐흑!"

다시 남운이 눈물을 쏟아냈다.

미운 정도 정이라고 그는 종남파에서 이현과 가장 많은 시간을 보낸 제자였다. 그런 이현이 갑자기 종남파를 탈출해서 가장 큰 충격을 받은 사람이기도 했다.

그래서 그는 이현이 아직 비검비선대회를 잊지 않고 있다는 사실만으로 감격했다. 아무에게도 말하지 않았지만 마음 속 깊숙이 이현은 그의 영웅이자 우상이었기 때문이다.

이현이 그 모습을 보고 말을 이었다.

"그래서 너희들은 종남파에 돌아가지 않고 나와 함께 있어야만 한다."

"예? 그건 어째서……."

당황한 표정으로 남운이 눈물을 훔치고 있을 때 전채연이 다시 끼어들었다.

"저희들이 어째서 사, 사숙님과 함께 있어야만 하는 거죠? 그럼 원광 사숙조님은 누가 종남파에 모시구요?"

"…그, 그렇습니다. 다른 일은 몰라도 원광 사숙조님을 종남파에 모시는 일은 무척 중대한 일입니다."

이현이 버럭 소리쳤다.

"어리석은 놈들! 중상을 당한 원광 사숙을 어찌 너희들같이 평범한 무위를 지닌 놈들이 안전하게 모실 수 있겠느냐? 중간에 만약 원광 사숙에게 문제가 생겨서 돌아가시기라도 한다면 너희들의 목숨 하나로 해결될 일이 아닐 것이다!"

"하, 하면 저희들이 어찌하면 되겠습니까?"

"내게 마침 빼어난 고수 친구가 있으니, 그에게 요청해서 원광 사숙을 종남파로 모시도록 할 것이다. 그리고 너희들은 이 제부터 내 무공 수련 상대가 되어야만 한다.”

“예? 그, 그게 무슨?”

“우리가 어찌 사, 사숙님의 무공 수련 상대가 될 수 있겠어요? 본래 무공 수련이란 건 비슷한 상대끼리 해야 효과가 있다고 하던데요?”

이현이 연속적으로 반발의 말을 쏟아낸 남운과 전채연을 한 번씩 바라보고 피식 웃어 보였다.

“후후, 너희들이 과연 자신들의 주제 파악은 확실히 했구나. 하지만 생각해 보거라? 우리는 모두 종남파다! 한 식구라 할 수 있으니 서로 간에 무공을 절차탁마해도 상관없다고 할 수 있다. 마침 너희들이 왔으니 어찌 내가 좋은 무공 대련 상대를 놓칠 수 있겠느냐?”

“……”

“아니면 너희들은 내가 타 문파의 무림인들에게 종남파의 신공절학을 노출하길 바라는 것이냐? 만약 너희들이 장문인을 대신해서 그래도 좋다는 재가를 내준다면 종남파로 돌아가도 될 것이다.”

“저, 저희들이 어찌 장문인의 명을 대신할 수 있겠습니까! 사숙님은 부디 그 같은 명령을 거둬 주십시오!”

“그래요! 우리는 절대로 장문인의 명을 대신할 수 없어요!”

"그럼 어찌 하려느냐?"

"그, 그건……."

다시 고심에 빠진 남운을 한 번 쳐다보고 전채연이 갑자기 눈을 빛내며 말했다.

"방금 전에 사숙님은 우리와 무공을 절차탁마하겠다고 하셨지요?"

"그래, 엄밀히 말해서 절차탁마라기보다는 너희들에게 내가 무공을 전수하는 것에 가깝겠지만 말야. 그래도 너희들같이 종남과 무공을 마음껏 펼칠 수 있는 무공 대련 상대는 없는 것보다 있는 게 나을 테지."

"알겠습니다! 그럼 우리는 사숙님의 곁에 남도록 하겠습니다!"

"채연 사매!"

"대사형, 비검비선대회는 우리 종남파가 향후 섬서성에서 다시 행세를 할 수 있느냐, 없느냐의 가늠자예요. 장문인께서도 우리의 결정에 대해서 반드시 이해해 주실 거예요."

"그, 그럴까?"

"물론이어요! 대사형은 저만 믿으세요!"

단호하게 말을 끝낸 전채연이 눈을 반짝거렸다.

그녀는 알고 있었다.

출종남천하마검행으로 유명한 마검협 이현!

그에 대한 종남파 수뇌부의 우려와 기대에 대해서 말이다. 특히 그의 종남파 무공에 대한 이해와 수준이 타의 추종을 불허할 정도임은 누누이 들어온 사실이었다.

당연히 그녀는 이번에 아주 좋은 기회를 얻었다고 생각했다.

장문인의 손녀.

종남파의 백치꽃을 자처하며 자신의 재지를 숨긴 채 기다려 왔던 꿈을 이룰 천재일우의 기회를 얻은 것이다.

'이번 기회에 반드시 바보 같은 대사형의 무공을 상승시키고, 도사가 되겠다는 생각을 없애 버릴 거야! 쳇! 결혼도 못하는 도사 따위가 뭐가 좋다고! 근처에 나같이 예쁘고 참한 신부감이 있는데 말야!'

평소 누구한테도 밝힌 적이 없던 전채연의 속내였다.

그녀는 어려서부터 줄곧 자신에게 잘해줬던 소처럼 순박하고 고지식한 남운에게 꽤 오래전부터 연정을 품어왔다.

그리고 이번 기회에 자신의 뜻을 이루려 한다. 바보같이 사람만 좋은 남운의 무공을 혁신적으로 증진시켜 고수로 만든 후 자신의 신랑으로 삼으려는 계획에 돌입한 것이다.

물론 이현이 전채연의 그 같은 속내까지 알 리 만무하다.

그의 생각은 단순했다.

타고난 무공광인 그는 자신 같은 초고수와 계속 무공 수련을 할 수 있는 기회를 포기할 사람이 없다고 생각했다. 자신부터가 눈앞에 있는 두 사람의 입장이라면 결코 그럴 생각이 들지 않을 테니까.

그렇게 상황이 정리되자 이현이 다시 손을 뻗어 남은 꿩 꼬치구이를 집어 들며 남운과 전채연에게 말했다.

"너희들은 산 아래로 내려가서 음식 좀 푸짐하게 마련해 오거라! 요 코딱지 정도 되는 걸로 간에 기별이나 가겠느냐?"

"산을 내려가도 되겠습니까?"

"내가 이쪽으로 오는 동안 마적대를 모조리 쓸어버렸다! 특별히 너희들에게 위해를 가할 만한 놈들은 남아 있지 않을 거다! 아! 그리고 이거 가져가고!"

이현이 수중에서 은자 한 냥을 꺼내서 남운에게 던져줬다. 과거 조사동에서 폐관 수련할 때와 달리 근래 주머니가 두둑해졌다. 이가장에서 고모 이숙향이 다달이 보내주는 생활비가 제법 짭짤했던 것이다.

'왠지 이상한데? 이런 일 낯설지 않아? 마치 예전에 무척 많이 경험한 것 같이 말야……'

남운이 돈을 받아들며 내심 고개를 갸웃거렸다.

그럴 수밖에 없다.

과거 그에게 항상 음식 심부름을 시켰던 게 바로 눈앞의 이현이었으니 말이다.

*　　　　*　　　　*

철목령주는 노안을 크게 찡그려 보았다.

"노부더러 종남파로 이 도사를 데려가란 말이냐?"

"그렇소. 그걸로 노인장의 부상을 치료해 준 걸 퉁칩시다."

"그럴 수는 없다!"

단호하게 이현의 말에 반발한 철목령주가 눈에 형형한 안광을 일으켰다.

"어차피 노부는 이 종남파 도사한테 먼저 도움을 받았다! 그러니 이 도사를 종남파에 데려다주는 건 그에 대한 값을 치루는 것에 불과하다!"

"그럼 노인장은 어쩌잔 말이오?"

"이 종남파 도사를 종남파에 데려다준 후 네게 다시 돌아오겠다! 그때 너는 노부한테 뭐든지 한 가지 명령을 내리도록 하거라!"

"그런 거라면……."

"단! 그 부탁은 노부가 네게 얻은 은혜에 부합하는 것이어야만 한다! 즉, 노부가 목숨을 걸 만한 일이어야만 한다!"

'…쳇! 꼬장꼬장하긴! 하긴 그런 점이 마음에 들어서 살려줬던 거지만!'

이현이 고집을 부리는 철목령주를 잠시 귀찮다는 표정으로 바라보다 마지못한 듯 고개를 끄덕여 보였다.

"뭐, 그럼 그렇게 합시다."

"그런데 자네 말일세. 노부가 한 가지 물어도 되겠는가?"

"말하시오."

"출종남천하마검행의 마검협과는 어떤 사이인가?"

"그건 말해줄 수 없소. 노인장이 신마맹에 관해서 말하지 않는 것과 같은 이유로 말이오."

"그렇군."

천천히 고개를 끄덕여 보인 철목령주가 죽은 듯이 의식을 잃고 있는 원광도장을 조심스레 안아 들었다. 그의 상처 부위가 덧나지 않게 하려고 종남파까지 안고서 내달릴 마음을 품은 것이다.

'역시 고수가 좋다니까!'

이현이 철목령주의 의도를 간파하고 내심 고개를 끄덕이고 말했다.

"원광도장을 종남파에 모셔다 드린 후 숭인학관으로 찾아오시오."

"알겠네. 그런데 그곳에 혹시 내가 머물 수 있겠는가?"

'신마맹의 눈을 피해서 숨어 있을 곳이 필요한 건가? 하긴 이 노인장도 이번에 제법 큰 상처를 입었으니까……'

문득 철목령주가 화살을 다섯 발이나 맞았다는 걸 떠올린 이현이 잠시 고심하다 말했다.

"집사 어떻소?"

"집사?"

"집안의 일을 총괄하는 지위니까 노인장 정도 연배에 잘 어울리지 않겠소?"

"노부더러 숭인학관의 집사를 하란 건가?"

"아니면 허드렛일 하는 뒷방 짐꾼을 하시던가……"

"하겠네! 집사를 하겠네!"

"…그럼 그렇게 하기로 합시다. 노인장 같은 고수가 학관의 집사 같은 걸 한다고는 아마 누구도 예상치 못할 거요."

"……"

자신의 속내를 바로 간파하는 이현을 철목령주가 잠시 물끄러미 바라봤다.

보면 볼수록 의혹투성이인 청년!

겉모습과 달리 속에 능구렁이가 수백 마리 정도 자리 잡고 있는 듯하다. 그저 머리 좋고, 무공만 빼어난 게 아니라 최소한 강호 무림을 수십 년 간 돌아다녀 본 것 같은 연륜이 느껴졌다. 말이나 행동 하나하나가 무림의 규칙에 맞고, 불문율 역시 제대로 파악하고 있는 것이다.

그래서 철목령주는 이현의 반말투에 그리 신경 쓰지 않았다.

무림은 본래 강자존!

무공 실력이 곧 정의였다!

게다가 하는 행동이나 말투에서 연륜을 느낄 수 있으니, 철목령주에게 있어 이현은 결코 청년이 아니었다. 어쩌면 무림에서 전설상에서나 언급되는 반로환동한 괴물을 눈앞에 두고 있을지도 모를 일이었다.

그렇게 이현이라는 불가해(不可解)한 존재를 정의 내린 철목령주가 문득 생각난 듯 말했다.

"그런데 자네, 왜 학관 따윈 다니고 있는 건가? 자네 정도 되는 고수가 글공부나 하고 있는 건 어울리지 않는 일인데?"

"……."

"뭐, 자네에게도 특별한 사정이 있겠지. 하지만 본래 호랑이는 결코 풀을 뜯어 먹고 살 수 없는 법이라네! 그 점을 잊지 마시게나!"

무림에서 잔뼈가 굵은 노인답달까?

끝까지 이현에게 잔소리를 늘어놓은 철목령주가 원광도장을 안은 채 바람처럼 신형을 날려갔다. 아마 종남파에 도착할 때까지 절대로 발걸음을 쉬지 않으리라.

'호랑이는 풀을 뜯어 먹고 살 수 없다라……'

이현이 철목령주의 뒷모습을 묵묵히 바라보다 천천히 신형을 돌려 세웠다.

문득 팔 개월도 남지 않은 화산의 비검비선대회가 생각났다.

천하제일인 운검진인!

그는 어울리지 않게 학사 노릇을 하고 있는 이현을 어떻게 생각할까?

슬며시 짜증이 나기 시작한 이현이었다.

*   *   *

그 시각, 악영인은 천이쾌검 운칠의 도움을 받아 끌어모은 마왕마적대의 종자들을 진두지휘하고 있었다.

그의 목적은 단 하나!

마왕마적대에 의해 피해를 입은 촌민들의 구제와 복구였다.

전날 초시 시험을 위해 어쩔 수 없이 자리를 비웠던 만큼 악영인은 굉장히 의욕에 차 있었다. 양손을 걷어붙인 채 운칠과 살아남은 종자들을 대동하고 구제와 복구 작업에 구슬땀을 흘리는 걸 주저하지 않았다.

이는 일종의 속죄였다.

관외의 전신이라 일컬어지던 혈사대 대주 시절!

악영인은 관외와 걸쳐 있는 국경선 인근 지역에서 이민족들과 전투를 벌이며 어쩔 수 없이 손을 더럽혀야만 했다.

이민족의 침범으로 인해 약탈당한 민초들을 지키기 위한 싸움뿐 아니라 보복 공격 역시 심심치 않게 저질러야만 했던 것이다.

그렇다.

악영인이 이끄는 혈사대는 전투를 빌미 삼아 국경선 인근의 이민족 부락을 수시로 약탈했다. 적의 보급선을 차단한다는 미명하에 인근의 이민족 부락을 약탈한 후 몰살시키는 초토화 작전을 수행해야 했기 때문이다.

그게 악영인은 싫었다.

관부와 관계가 깊은 산동악가 출신으로 혈사대 대주가 되었고, 나라의 근본인 국경선을 지키기 위해 최선을 다했다.

그에 대한 보람과 긍지가 없을 리 만무하다.

하나 계속 손을 더럽히고 싶진 않았다.

자신의 의지와 관계없는 상부의 명령에 의한 살육극의 주체가 되고 싶은 생각 역시 없었다.

그래서 그는 과감하게 혈사대 대주직을 포기했다.

그동안 관외에서 쌓아올린 명성과 영광을 뒤로하고 중원으로 돌아왔다. 단지 자신의 무위만으로 무림 중에서 산동악가의 명성을 드높이고자 천하제일인 운검진인에게 도전할 생각을 품었던 것이다.

하나 섬서성에 들어와 우연히 만난 이현으로 인해 악영인은 자신의 모자람을 깨달았다.

천하제일인에게 도전하기도 전에 이현이라는 커다란 벽을 만났기에 목표를 수정해야만 했다. 천하제일인이 되는 게 아니라 천하제일인의…….

구제 작업에 박차를 가하다 문득 상념에 잠겨 있던 악영인이 살짝 낯을 붉혔다. 요즘 들어 혈사대를 이끌 때는 전혀 상상조차 하지 못했던 걸 하나, 둘 생각하게 되었다. 그런 점이 신기하기도 하고 부끄럽기도 하다.

그때 운칠이 다가와 보고했다.

"악 대협, 슬슬 이쪽 마을의 구제 작업은 마무리를 해도 될 것 같습니다."

"그럼 다음 마을로 이동하시오!"

"저기 그런데 그러기엔 한 가지 문제가 있습니다."

"무슨 문제가 있다는 거요?"

"이쪽 마을이야 중간에 악 대협과 이 대협께서 마왕마적대를 박살 냈기에 큰 피해를 줄일 수 있었지만 다른 곳은 사정이 다릅니다."

"설마 전멸시켰다는 거요?"

"전멸까지는 아닐지 몰라도 성인 남자들 중 살아남은 자가 거의 없을 정도로 심각한 피해를 입었습니다. 아마 여자들이나 어린아이들 역시 지금쯤이면 뿔뿔이 흩어져서 가봤자 구제할 대상 자체를 찾기 어려울 겁니다."

"그래도 최선을 다해봐야 하지 않겠소?"

"물론입니다. 그래서 말인데, 섬서성 인근에 있는 개방이나 하오문 조직의 도움을 받았으면 합니다."

"개방이나 하오문? 아! 그들이 가진 정보망을 이용해서 흩어진 마을 사람들의 행방을 찾으려는 거로군? 그건 좋은 생각이오!"

"예, 그렇습니다. 그래서 돈이 필요할 것 같습니다."

"정보료가 필요하단 말이로군?"

"정보료뿐 아니라 여기 남아 있는 종자 녀석들에게 일정한 정도의 수고료도 지급해야 합니다. 그렇지 않으면 필경 이놈들 중 대부분은 밤중에 몰래 도망쳐 버릴 겁니다."

"음! 그건 틀린 말은 아닌데……"

악영인이 잠시 말을 흐리며 눈살을 찌푸려 보였다. 관외에서도 그러더니, 중원 역시 항상 문제가 되는 건 자금이다. 좋은 일이든 나쁜 일이든 인력을 장기적으로 부리기 위해선 상당한 자금력이 필요하기 때문이다.

'…내가 혈사대를 떠날 때 받은 전별금이 얼마나 남았더라?'

굳이 전낭을 꺼내서 안의 내용물을 헤아려 볼 필요도 없다. 그동안 이현과 진한 밤을 보내며 술값을 내느라 잔뜩 써 버렸으니까.

현재 남아 있는 은자는 아마 관외를 떠날 때 받은 전별금 중 절반도 안 될 터였다. 족히 백여 명가량 남아 있는 마왕마 적대의 종자 무리에게 계속 정상적으로 일을 시키기엔 턱없이 부족한 금액이었다.

그럼 어찌해야 할까?

복잡한 돈 계산으로 인해 인상을 조금 더 찌푸려 보인 악영 인이 쉽게 생각하기로 했다.

"돈 문제는 형님과 의논한 후 말해주겠소."

"소인, 그러면 그리 알고 물러가겠습니다."

"수고하시오."

악영인이 평소답지 않게 운칠에게 상냥한 표정으로 손을 흔들어 줬다.

돈도 주지 않고 인력을 부려먹고 있다!

손이라도 흔들어주지 않는다면 양심에 털이 난 것이 분명 하다!

*   *   *

이현이 순양객점으로 돌아왔을 때는 이미 날이 서서히 어두워지는 저녁이었다.

남운과 전채연을 청양의 숭인학관으로 미리 보냈기에 그는 혼자였다.

오늘쯤 초시의 합격자 명단이 순양 현청에서 발표된다는 걸 알기에 발걸음이 천근만근 무거웠다. 사실 이대로 남운 등과 함께 숭인학관으로 먼저 돌아갈까 하다가 전날 목연의 걱정하던 모습이 떠올라 돌아왔다.

그래서였을까?

순양객점에 들어서는 이현의 입에서 한숨이 절로 흘러나왔다.

'에휴! 지금쯤 내가 시험에 떨어진 걸로 시험 친 놈들이 마음껏 찧고 까불고 하고 있겠구만!'

시험 범위를 벗어난 답을 적었다.

그것밖에 생각나는 게 없어서 우격다짐으로 답 풀이를 했다. 물론 거기에 자신이 무인으로서 살아오며 느꼈던 바를 나름대로 주석으로 덧붙이긴 했으나 시험이 요구하는 답에선 크게 벗어난 것이었다.

그냥 망했다고 복창할 수밖에 없달까?

그때 순양객점 이층에서 마침 내려오고 있던 목연이 이현을 반갑게 맞이했다. 그새 열이 내렸는지 안색이 아침에 봤을 때보다 한결 나아져 있었다.

"이 공자, 돌아오셨군요!"

"목 소저……."

"오늘은 기쁜 날이니, 조금 복귀가 늦었지만 그냥 넘어가도록 하지요!"

"…기쁜 날이라니 무슨?"

"저런 아직 모르고 계셨나요?"

"……."

"정말 모르고 계셨나 보군요. 이번 초시 시험의 장원으로 이현 공자가 뽑히셨답니다! 정말 장하십니다!"

"예?"

"초시의 장원이 되셨다구요! 그동안 공부에 관심이 없는 것 같아서 걱정이 많았는데… 이 공자도 할 때는 하는 분이란 걸 뒤늦게 알았습니다!"

목연이 진심으로 기쁜지 이현을 향해 살짝 고개까지 숙여 보였다.

하긴 숭인학관에서 초시의 장원을 낸 건 무척 오랜만이었다. 대과를 목표로 하는 학관의 입장에선 여타 다른 합격자를 낸 것과는 비교도 되지 않는 영광이라 할 수 있었다.

하물며 목연은 은연중 이현이 초시에 합격하는 걸 포기한 지 꽤 된 상태였다.

근래 들어 수재인 북궁창성과 함께 열공을 하고는 있었으나 초시 합격이 쉽지 않다고 봤다.

비록 대과의 첫 관문인 1차 시험이라곤 해도 무려 6년 만에 섬서성에서 치러진 초시였다. 섬서성 곳곳에서 무수히 많은 수험생들이 몰려든 만큼 합격선을 넘기란 결코 쉬운 일이 아닐 거란 건 누구든 짐작할 수 있는 일이었다.

목연이 말을 이었다.

"그래서 내일 이번 시험의 시험관이자 순양의 현령이신 장맹 대학사님께서 친히 이 공자님과 독대를 하시겠다고 하셨습니다."

"도, 독대요?"

"예, 이번 초시의 장원이 된 이 공자님과 친히 고담준론(高談峻論)을 나누시겠다고 하셨습니다. 장맹 대학사님은 아버님도 인정하셨던 섬서성의 천재 학사이시니 이번 만남이 이 공자님의 공부에도 큰 도움이 될 겁니다."

第七章

천멸사신(天滅死神)을 보내도록 해!

'대학사라 불리는 사람들하고 나는 상성이 최악인데?'

이현은 문득 부친이자 이가장의 장주였던 이정명을 떠올렸다. 치매에 걸리기 전 자신에게 맞지 않는 공부를 강요했던 부친을 생각하자 등에 식은땀이 났다.

부친 이정명과의 화해는 극적이었다.

기분 좋은 일이었다.

그러나 다시 과거로 돌아간다 해도 부친에게 받았던 강압을 되풀이하고 싶진 않았다. 어떤 일이든 자신이 하고 싶어서 해야 한다는 게 평생 동안 그가 가슴속에 간직해 뒀던 지론이었기 때문이다.

게다가 한 가지 더 이현을 곤혹스럽게 하는 일이 있었다.

'도대체 왜 내가 장원인 거지? 분명히 내가 쓴 답안은 출제 범위를 완전히 벗어난 거였는데?'

장원 급제!

이유를 알 수 없는 일이 벌어졌다.

무림인의 관점으로 표현하자면 병기를 내동댕이치고 무방비 상태로 적의 본진으로 쳐들어가는 것과 같았다. 딱 그런 상황에 이현은 처하고 만 것이다.

하지만 눈앞에서 목연이 기뻐하고 있었다.

만난 후 처음으로 보는 모습이다.

참 예쁘다는 생각이 들었다.

그러니 뭐, 걱정 따윈 잠시 잊어버리기로 하자. 어차피 내일 일은 내일 걱정하면 될 터였다.

*   *   *

순양 현청.

현령 장맹은 아침부터 기분이 좋았다.

학문에 발을 내디딘 지 얼마나 되었을까?

어려서부터 인근 제일의 신동이란 말을 들으며 오로지 글공부에만 매진해 온 장맹이었다. 그 외의 일은 어떤 것도 신경 쓰지 않아도 되었다. 글공부만 잘하면 주변의 모든 사람들이 그를 추켜세우고 떠받들어 줬기 때문이다.

그렇게 그의 인생은 승승장구의 나날이었다.

열심히 공부하고 시험에 합격했다.

그 후 더 높은 시험을 치렀고, 역시 합격했다. 글공부만 하면 되는 일이니 어려울 것이 없었다. 글공부 하나는 장맹이 아주 잘했다.

그러다 북경에 가게 되었다.

존엄한 황제 밑에서 벼슬을 하게 된 것이다.

가문의 영광!

지역의 자랑!

북경으로 떠날 때 그가 들었던 말이다. 그렇게 그의 콧대는 하늘이 무서운 줄 모르고 높아졌고, 북경에서 그로 인해 큰 낭패를 보게 되었다.

칼날 위를 걷는 것보다 무섭다는 북경 관계!

그곳에서 장맹은 글공부로는 해결되지 않는 일에 부딪혔다.

권력!

혈족!

금력!

이 모든 것의 총합체인 북경에서 단지 글공부만 잘하고, 시험문제·풀이에만 골몰했던 장맹은 단숨에 도태되었다. 중간에 몇몇 가문이나 세력이 회유를 해왔으나 장맹은 단호하게 거절했다. 그런 짓을 하기에는 가문의 영광이자 지역의 자랑이었던 그의 삶이 너무 초라해지기 때문이다.

그래서 장맹은 황족의 비리를 캐는 데 골몰했고, 황제에게 직소하였다.

정의감 때문이 아니다.

공명심 때문이란 게 더 가까웠다.

어차피 북경에서 성공하지 못하게 되었으니, 순교자나 희생양이라도 되고자 한 것이었다.

물론 누구한테도 밝히지 못한 속마음이다.

그는 지방 한직으로 좌천되었고, 이제 자신이 직접 간여해서 치룬 초시의 장원을 기다리고 있었다. 그와 학문에 대한 담소나 나누면서 다시 예전처럼 가문의 영광, 지역의 자랑 같은 상찬의 말을 듣고 싶었던 것이다.

'흐음! 그러기 전에 우선 이번에 시험문제의 범위를 벗어난 답안을 적은 것에 대해서 호통을 쳐야겠지? 만약 나같이 뛰어난 대학사가 시험관이 아니었다면 필시 시험에서 탈락시켜 버렸을 거란 말을 은연중에 흘리면서 말이야…….'

모든 게 완벽하다.

오랜만에 정말 즐거운 시간이 될 듯했다.

그때 현령의 집무실 밖에서 초시 장원이 왔음을 고하는 소리와 함께 이현이 방문을 열고 들어왔다.

역시 기억대로 약관이나 되었을까 말까한 연배에 청아한 외모다. 학사로서 이상적인 외모란 생각이 들었다.

이현이 공수하며 말했다.

"청양현 숭인학관 출신의 학사 이현이 순양 현령님의 부르심을 받고 왔습니다!"

"오! 어서 오시게! 오랜만에 젊은 수재를 보게 되어 내 마음이 무척 기쁘구만!"

"감사한 말씀!"

이현이 담담한 대답과 함께 장맹이 가리키는 의자에 얌전히 앉았다.

이현이 이곳에 오기 전에 목연은 상당히 많은 걱정을 했다. 현령이자 대학사인 장맹 앞에서 그가 평소처럼 막무가내로 행동할까 봐 그녀는 노심초사했던 것이다.

하나 이현 역시 이가장 출신이었다.

본래 대학사 집안의 자손이었던 만큼 유교적인 예의범절과 격식 정도는 충분히 숙지하고 있었다. 특히 이번처럼 조금 찔리는 구석이 있는 자리에서 날뛸 만큼 어리석지는 않았다.

장맹이 이현을 차분하게 바라보다 먼저 입을 열었다.

"장원에게 내 한 가지 묻고자 하네. 어떻게 그 같은 답안을 제출하셨는가?"

"그 답안만이 제 마음과 같았기에 그 외의 것은 머릿속에 떠오르지 않았습니다."

"호오?"

예상 이상이다.

이현의 대답에 마음이 흡족해진 장맹이 다시 질문했다.

"그럼 그 답안이 사실은 문제의 출제 범위에서 벗어났다는 것도 알고 있었겠구만?"

"예, 그렇습니다. 하지만 소생은 믿고 있었습니다."

"뭘 믿고 있었다는 것인가?"

"이 문제를 낸 시험관님의 안목과 학식이라면 제가 어째서 그 같은 답안을 냈는지 알아주실 거란 믿음이었습니다."

"단지 그 같은 믿음만으로 답안을 냈단 말인가?"

"그렇진 않았습니다."

"하면?"

"이번 시험의 시험관을 맡은 현령님께서 당대의 대학사라는 말을 듣고서 내린 결론이었습니다."

"……."

장맹의 얼굴이 꿈틀거렸다. 등과 어깨 역시 미묘하게 들썩거린다.

이거다!

바로 이 맛이다!

이런 말을 오랫동안 듣고 싶었다! 북경에서 좌천된 후로 쭉 이런 칭찬에 목말라 왔던 것이다!

그래서인가?

어느새 장맹의 입가에는 어느 때보다 훈훈한 미소가 번져 나오고 있었다. 이현을 만나 처음엔 매우 호되게 꾸짖으려던 애초의 생각 따윈 이미 머릿속 밖으로 훨훨 날아가 버렸다. 이미 원하던 바를 몽땅 이뤘기 때문이다.

*　　　　　*　　　　　*

순양 현청을 빠져나오는 이현에게 악영인이 득달같이 달려 왔다. 여태까지 그가 순양 현령과 대화가 끝나기만을 기다리고 있었음이 분명하다.

"형님! 현령과의 면담은 잘 끝냈수?"

"어."

"그런데 왜 그렇게 반응이 뜨뜻미지근 하시우? 혹시 소문과 달리 현령이 청렴한 관리이자 섬서성의 자랑인 대학사가 아니었던 것이우?"

"그런 건 아니고……."

"그런 게 아니면?"

"…좀 실없는 사람이더군."

"실없는 사람이요?"

"그래, 네 말대로 무조건 치켜세워 줬더니 분위기가 좋아지긴 했는데, 그 뒤에 계속 나한테 이거저거 먹이고 귀찮게 굴어서 무척 힘들었다."

"형님이 먹는 걸로 힘들어하다니, 참 보기 드문 일이구려? 혹시 배탈이라도 나셨던 거요?"

"먹는 거야 좋았지. 다만 시험문제에 대한 얘기가 끝난 후에 자꾸 나한테 가문은 어디냐는 둥, 혼처는 정했냐는 둥 개인사를 물어봐서 조금 그랬을 뿐이다."

"예? 그런 걸 왜 형님한테 물어봐요?"

"자기한테 과년한 딸이 있다나? 뭐, 암튼 자꾸 자기 딸이 재덕을 겸비한 재녀라고 자랑하더라구. 나더러 그래서 어쩌란 말인지……."

"그러게요! 거 정말 이상한 사람이잖아요!"

실실거리며 웃고 있던 악영인이 버럭 화를 냈다.

현령이 이현을 자신의 사위로 삼을 뜻을 노골적으로 내비쳤음을 직감한 것이다. 하긴 생각해 보면 이현의 가문은 이가장으로 풍현 일대의 명가이고, 수학하고 있는 숭인학관은 청양을 대표하는 학관이었다.

여기에 더해 젊은 나이로 6년 만에 치러진 초시의 장원까지

하게 되었으니 현령이 관심을 갖는 것도 무리는 아니었다.

그에게 혼기가 찬 여식이 있는 것 같으니, 당장 매파를 이가 장에 보내서 혼인을 추진할 수도 있었다. 어차피 명문 사대부들 간의 혼사는 개인의 의사가 중요한 게 아니라 집안끼리의 결속에 큰 의미가 있었으니까 말이다.

'가만! 혹시 그래서 형님에게 초시의 장원을 덥석 안겨준 건가? 초시의 장원은 2차 식년과를 치룰 때 상당한 가산점을 받는다고 알려졌으니까. 이건 그냥 대충 넘어갈 일이 아님이 분명해! 반드시 확인해 봐야 할 문제야!'

2개월 뒤 벌어질 2차 식년과.

1차 초시를 통과한 학사들이 치루는 이 시험은 섬서성의 성도인 서안(西安)에서 치러진다.

수년에서 수십 년 동안 글공부에 매진해 왔던 섬서성 일대 수천 명 학사들의 운명이 이 한 번의 시험에 걸려 있다고 할 수 있었다.

당연히 초시에서 장원을 한 건 무척 중요했으나 여기에 더해 장맹의 소개장까지 추가된다면 그야말로 금상첨화(錦上添花)였다.

2차 식년과를 통과해 이현의 실질적인 목표인 3차 대과 초시를 볼 수 있는 자격을 얻는 건 손바닥 뒤집듯 쉬운 일인 것이다.

악영인은 오늘 현령과의 면담에 앞서 이현에게 관리의 기분을 좋게 만드는 법을 집중적으로 알려준 당사자였다. 이현의 말을 듣고 어렵지 않게 장맹의 의도를 눈치챘으나 입을 굳게 다물었다.

무공에 있어선 천의무봉(天衣無縫)이란 말이 무색한 이현이 여자에 대해선 학문만큼이나 무식하고 아는 게 없다는 걸 익히 알고 있었기 때문이다.

'흥! 감히 내 형님한테 그런 추파를 던지다니! 장 현령, 관리 치고 뇌물을 밝히지 않아서 좋게 봤더니, 안 되겠군! 형님한테 더 노골적으로 수작을 부리기 전에 현령 자리에서 물러나게 만들어야겠어!'

내심 차갑게 코웃음을 친 악영인이 이현의 어깨에 팔을 두르며 말했다.

"형님, 그럼 우리 술이나 마시러 갑시다!"

"뭔 술을 또 마셔?"

"우리 두 형제가 함께 초시를 통과했으니 축하주를 빼놓으면 안 되지 않겠습니까?"

"그야 그렇긴 한데……."

잠시 말끝을 흐린 이현이 자신의 어깨에서 악영인의 팔을 슬그머니 밀어냈다.

"…너 돈은 있냐?"

"돈이요?"

"그래, 돈! 마왕마적대로 인한 재건 사업에 들어가는 비용이 턱없이 부족하다고 했잖아?"

"그 문제도 오늘 술 마시면서 의논해야지요! 그런 문제는 하루 이틀에 해결될 게 아니지 않겠습니까?"

"뭐, 하긴."

이현이 웬일로 바로 수긍하고 고개를 끄덕여 보였다. 사실 그는 오늘 아침부터 속이 쓰릴 정도로 고민하고 있었다. 시험관인 장맹과의 만남이 무척 껄끄러웠기 때문이다.

그러니 순양 현청을 벗어난 지금에서야 그는 초시 합격의 기쁨을 온전히 느낄 수 있는 여유를 회복했다고 할 수 있었다. 장맹과의 대화로 그가 정신이 나가거나 완전한 착각 때문에 자신을 장원으로 뽑은 게 아니라는 확신을 갖게 된 것이다.

동상이몽이랄까?

이현과 장맹은 한자리에서 대화를 나눴으나 서로를 전혀 이해하지 못한 것이라 할 수 있었다.

'뭐, 싸움이란 건 본래 이긴 자가 옳은 법이니까, 이번 시험도 출제자를 만족시킨 것으로 된 거 아니겠어? 시험관이 좀 이상하긴 했지만 말야!'

악영인의 예측대로 장맹의 노골적인 추파를 전혀 눈치채지 못한 이현이었다.

              *   *   *

창밖.

은은하게 보이는 산 그림자.

단지 그림자에 불과하나 그 웅장함에 숨이 막힐 듯하다.

천험지세(天險之勢)!

그냥 보는 것만으로도 알 수 있다. 창밖으로 보이는 풍광이
천병(天兵)조차 쉽사리 범접할 수 없을 만큼 험하고 거칠다는
것을 말이다.

그런 풍광을 묵묵히 바라보고 있던 백발백염의 노인이 문
득 입을 열었다.

"신궁령주가 실패했다고?"

누구에게 말하는 것인가?

이 방 안에는 단지 백발백염의 노인 혼자뿐인 것을.

그러나 그 같은 의문은 곧 풀렸다.

홀로 존재하는 것 같던 텅 빈 공간 속에서 음울한 목소리
가 문득 흘러나왔기 때문이다.

"마궁철기대 역시 괴멸적인 타격을 입었습니다. 그에 따른
문책을 면하기 어려울 것으로 사료됩니다."

"신궁령주는 본맹에 공이 많은 사람이야. 그리고 신중하지. 그의 실패는 명령을 내린 사람의 잘못이 더 크다고 할 수 있을 것이야."

"현사(賢師)에게 죄를 물으시려는 겁니까?"

"아직은 아니지. 하나 그가 다시 자신의 사적인 이익 때문에 본맹의 세력을 움직이는 일이 있어선 안 될 걸세."

"주의시키도록 하겠습니다."

"주의 정도로 되겠나?"

"하면?"

"본맹의 대업에 필요한 건 현사의 머리이지 수족은 아니지 않던가?"

"팔 하나면 되겠습니까?"

"다리도 하나 추가하시게. 좋은 의자와 수레도 선물하고 말일세."

"존명!"

"아! 그리고 한동안 철목령주의 건에 현사는 손을 떼도록 전하게."

"철목령주를 이대로 놔두기엔 위험 부담이 너무 크지 않겠습니까?"

"그 사람, 성격이 고지식해서 쉽사리 본맹을 배신하진 않을 거야. 하지만 자네 말도 틀린 것은 아니지."

"하면?"

"천멸사신을 보내도록 해!"

"천멸사신이라 하셨습니까?"

확인하듯 되묻는 목소리에 백발백염 노인이 천천히 고개를 끄덕여 보였다.

"천멸사신, 그 아이도 이젠 슬슬 세상 구경을 할 때가 되지 않았겠는가? 노부의 자리를 이어받아 천하쟁패를 이룩하려면 그만한 능력을 보여야 할 테고 말이야."

"다른 령주들이 반발할 수도 있습니다만?"

"그런 놈들이 있으면 밟아버려야지! 현사처럼 말이야!"

단호한 백발백염 노인의 말에 목소리의 주인이 다시 복명했다.

"존명! 맹주님의 명대로 수행하겠습니다!"

"좋아."

백발백염 노인의 대답하자, 그만 홀로 물러 있는 게 아니었음을 말해주듯 배후의 공간이 살짝 흔들렸다. 그의 명령을 수행하기 위해 음울한 목소리의 주인이 자리를 옮겼음이 분명하다. 어쩌면 그렇지 않을 수도 있고.

*　　　　*　　　　*

숭인학관으로 복귀하고 며칠 후.

평소와 다름없는 나날을 보내던 이현과 악영인은 저녁 무렵 청양의 술집을 찾았다. 악영인이 세 번째 합격주를 사겠다고 나섰기 때문이다.

그 후 술잔이 몇 순배가 돌았을까?

갑자기 이현이 술잔을 탁자에 내려놓으며 부르짖었다.

"그래! 그렇게 해야겠다!"

"까짓거, 그럽시다! 그렇게 합시다!"

"너, 내 배 속의 회충이냐?"

"에이 씨! 배 속의 회충이 뭐유? 드럽게시리!"

"아니면 어떻게 내가 생각한 걸 알고 그렇게 하자고 말하는 거냐?"

"그야……."

잠시 말끝을 흐리고 손에 들린 술잔을 내려놓은 악영인이 빙긋 웃어 보였다.

"…형님이 결정한 걸 아우인 내가 따르는 건 당연한 일이지 않겠수?"

'이놈, 왜 이렇게 예뻐?'

이현은 문득 술이 확 깨는 느낌이었다.

자신을 향해 웃고 있는 악영인의 얼굴이 평소보다 훨씬 뽀샤시하게 보였기 때문이다.

본래 악영인이 북궁창성에 버금갈 만큼 잘생긴 미남이란 건 알고 있었다. 정말 남자란 게 무색할 만큼 예쁘장하게 생겨서 가끔씩 흠칫거리게 하곤 했다.

하지만 근래 악영인은 좀 더 예뻐진 거 같다.

특히 술에 취해서 얼굴이 발그레하게 변했을 때 더 그렇다. 아주 절세미녀가 따로 없는 것이다.

그게 악영인과 북궁창성의 다른 점이었다.

둘 다 천하의 미남이지만 북궁창성이 좀 더 남성적이었다. 타고난 절맥증으로 인해 북궁창성의 안색이 항상 창백하지 않다면 둘 사이의 격차는 훨씬 심할지도 모르겠다. 그만큼 악영인의 여성스러움은 종종 도를 넘을 지경이었다.

'에이, 그래 봤자 무산, 이놈은 천하의 상남자잖아! 얼굴이 예쁘장한 게 뭐 대수라고!'

내심 고개를 흔든 이현이 술잔에 술을 따르며 말했다.

"무산아, 2차 식년과까지 시간이 좀 있으니까 앞으로 우리 는 청양의 상계를 장악해야겠다."

"청양 상계는 장악해서 뭐하게요?"

"근래 청양 일대의 상계를 장악하고 있던 성원장, 흑랑방, 유현장이 망했잖냐? 그러니까 그 빈자리를 우리 숭인학관이 장악하자는 거다!"

"아! 그래서 얻어진 수익으로 마을들의 재건과 마왕마적대의 종자 무리에게 지급할 돈을 만들자는 말씀이시우?"

"그것도 그렇고 숭인학관의 재정도 좀 더 충실히 만들어 놓고 싶구나!"

'형님, 목연 소저를 걱정하는 건가? 하긴 형님은 이번 식년과만 붙으면 북경으로 시험을 치르러 떠나야 할 테니까……'

3차 시험인 대과 초시는 섬서성이 아니라 북경에서 치러진다. 천하 방방곡곡의 내로라하는 학사들이 북경으로 모여들어 학문과 문장을 겨루는 전국 단위의 시험에 돌입하게 되는 것이다.

그래서 악영인은 조금 고민이 되었다.

글공부를 죽어라 싫어하던 이현이 초시를 넘어 식년과까지 통과하면 어찌 해야 할지 걱정되었다.

본래 그는 무과 출신이라 문과 쪽으로 계속 대과를 치르긴 힘들었다. 산동악가의 힘이 미치지 않는 3차 대과 초시부터는 신분이 들통 날 게 뻔했기 때문이다.

'…하긴 너무 지나친 생각인가? 초시하고 식년과의 수준 차이는 하늘과 땅처럼 높은데, 형님이 쉽사리 통과할 수 있을 리 만무하잖아?'

이현은 악영인을 뛰어넘는 무골이었다.

무공광, 그 자체였다.

그런 그가 대과에 연연하는 이유는 아직 잘 모르겠지만, 요

행은 이번 한 번으로 끝일 터였다. 천하의 학사들이 실력을 겨루는 대과가 그렇게 호락호락할 리 없는 것이다.

그렇게 생각을 정리한 악영인이 다시 술잔을 들어 올리며 고개를 끄덕여 보였다.

"운칠에게 말해서 그쪽 방면에서 일하던 자들을 한번 모아보도록 하겠수. 어차피 종자들도 다시 정상적인 삶으로 돌아가고 싶어 했으니까 이참에 청양에 뿌리를 내리게 하는 것도 나쁘진 않을 거유."

"그래, 네가 신경 좀 써라."

"알겠수."

그 후 두 사람은 다시 주거니 받거니 하며 술잔을 기울였다.

이번에 순양에서 함께 초시를 치르며 두 사람은 평소보다 좀 더 가까워졌다. 함께 마왕마적대와 혈전을 벌이고, 뒷수습을 함께하면서 머리를 맞대고 고민하는 시간이 길어졌기 때문이다.

물론 머리를 맞댄 고민의 끝은 항상 오늘과 같은 술판이었다. 두 사람의 주량은 나날이 늘어가는 것도 무리가 아니었다. 지극히 당연한 결과라 할 수 있었다.

그렇게 그들 주변에 술동이가 점차 산을 이뤄갈 때였다.

술집의 문이 열리고, 북궁창성이 모습을 드러냈다.

여전히 얼굴이 창백하나 이현의 도움 덕분인지 삐쩍 말랐던 몸이 제법 듬직해졌다. 몸 전체에 자잘한 근육이 조금씩 붙어서 풍채가 훨씬 좋아진 것이다.

술집에 들어서 안을 이리저리 살피던 북궁창성이 이현과 악영인을 발견하고 빠른 걸음으로 다가왔다.

"이 사형!"

이현이 그제야 북궁창성에게 고개를 돌렸다.

"오! 북궁 사제, 어쩐 일이야? 술집이라면 질색을 하더니, 오늘은 한잔 걸치고 싶어 온 거냐?"

악영인이 입술을 삐죽거렸다.

"형님, 설마 고매한 북궁가의 도련님이 그럴 리 있겠수? 목연 소저의 명령이라도 받은 거겠지요!"

북궁창성의 한쪽 검미가 슬쩍 치켜 올라갔다.

항상 그렇지만 악영인은 매사 그의 신경을 거슬리게 한다.

'하지만 이 사형이 저 망나니 같은 자를 감싸고도니, 나도 함부로 할 수 없구나!'

내심 악영인을 노려본 북궁창성이 이현에게 공수하고 말했다.

"금일 청양 현청에서 숭인학관으로 사람을 보내왔습니다."

"무슨 일인데?"

"이번에 초시에 합격한 학사들을 모아서 연회를 개최할 모양입니다."

"그러니 목 소저는 우리더러 너무 오랫동안 술 마시지 말고 학관으로 복귀하라고 북궁 사제를 보낸 게로군?"

"그렇습니다. 청양 일대의 유생들 중 이번 초시에 합격한 게 모두 합해서 10명인데, 그중 6명이 숭인학관에서 배출되었습니다. 숭인학관으로서도 오랜만의 쾌거라 목 소저가 특히 신경 쓰시는 듯합니다."

"오! 우리 숭인학관 잘나가는데?"

"특히 청양 현령께서 이번 초시의 장원인 이 사형은 반드시 연회에 참가해야 한다고 하셨습니다. 그러니 오늘은 이만 술자리를 작파하시고 학관으로 돌아가시는 게 어떠신지요?"

"뭐, 그건 큰일은 아닌데……."

잠시 말끝을 흐린 이현이 악영인에게 슬쩍 눈짓을 하고, 북궁창성에게 씨익 웃었다.

"…북궁 사제, 내가 궁금해서 그런데, 근래 술을 마셔본 적이 있었나?"

"술은 태어나 단 한 번도 입에 대본 적이 없습니다."

악영인이 버럭 소리 질렀다.

"술을 태어나서 한 번도 마셔보지 못했다니! 이 무슨 슬프디 슬픈 소리냐!"

북궁창성이 살짝 안색을 상기한 채 반박했다.

"군자로 살아가는 데 있어 굳이 술을 마셔야 할 이유는 없지 않소?"

악영인이 어깨를 으쓱해 보였다.

"나는 군자가 아니라서 그런 건 모르겠고! 형님! 술도 한 잔 못 해본 애송이하고 호형호제를 한다는 건 어처구니없는 일 아닙니까?"

"술하고 호형호제는 별 상관없다만?"

"방금 전까지 저하고 즐거운 시간을 보내서 놓고, 이렇게 쏙 빠져나가시깁니까?"

자신에게 달라붙는 악영인을 손으로 밀어낸 이현이 북궁창성에게 말했다.

"북궁 사제, 진짜로 여태까지 단 한 번도 술을 마셔본 적이 없는 거냐?"

"그렇습니다."

"그럼 오늘 나랑 술이나 한잔하자!"

"예?"

"왜? 나하고 술 마시는 게 싫어?"

북궁창성의 안색이 조금 더 상기되었다. 그동안 이현과 악영인이 툭하면 함께 술 마시러 가는 걸 은근히 부러워하고 있었기 때문이다.

당연히 이런 기회를 놓칠 수 없다.

"어찌 제가 이 사형과 대작하기 싫어하겠습니까! 이 사형께서 주시는 술이라면 1천 잔이고 2천 잔이고 사양치 않고 마시겠습니다!"

"하하핫, 과연 내 북궁 사제다!"

이현이 크게 웃고서 북궁창성에게 자신의 술잔을 넘겨주고 가득 술을 부었다.

그러자 악영인의 눈꼬리가 슬며시 치켜 올라간다.

'망할 북궁 애송이 녀석! 여태까지 좋던 분위기를 네놈이 다 깨버리는구나!'

그 말대로다.

방금 전까지 이현과 악영인은 참 좋은 술자리를 갖고 있었다. 단둘이서만 말이다.

그런데 북궁창성이 끼어듦으로 인해 상황이 바뀌었다. 더 이상 악영인 혼자서 이현을 독차지할 수 없게 됐다. 둘이 나눠마시던 술이 3등분이 되어버린 것이다.

탕!

순간 속에서 복받쳐 오르는 분노에 탁자를 손바닥으로 내려친 악영인이 주방을 향해 버럭 소리 질렀다.

"여기 술 떨어졌수다! 술 가져오시우! 술!"

*　　　　　*　　　　　*

"끄응!"

북궁창성은 평생 경험해 본 적이 없는 두통과 함께 자리에서 일어났다. 머리를 망치로 내리치는 듯한 통증에 상반신을 일으키다 손으로 머리를 감싸 안았다.

그리고 맹렬한 갈증!

"무, 물!"

저도 모르게 신음처럼 물을 찾은 북궁창성이 마침 자신의 손에 쥐어진 물그릇을 얼른 입으로 가져갔다.

"꿀꺽! 꿀꺽!"

단순한 물이 아닌 것 같다.

하늘에서 내려온 감로수가 바로 이곳에 있는 듯하다.

그런데 조금 이상하다.

도대체 누가 북궁창성의 손에 물그릇을 건네준 걸까?

문득 이상한 느낌에 고개를 돌리던 북궁창성이 흠칫 놀란 표정이 되었다. 자신의 머리맡에 다소곳하게 앉아 있는 소화영을 발견했기 때문이었다.

"나, 낭자가 왜 이곳에⋯⋯?"

소화영이 낯을 가볍게 붉히며 고개를 외로 꼬았다.

"북궁 공자님은 너무 놀라지 마십시오! 간밤에도 이 공자에게 업혀 들어온 모습을 보고 혹시 갈증을 느끼실 것 같아 물을 가져왔을 뿐입니다!"

'간밤에도라…….'

북궁창성이 소화영의 말을 내심 음미하며 입가에 씁쓰레한 표정을 매달았다.

며칠 전 시작된 이현의 음주 수업!

꾸준히 계속되고 있었다.

어제로 닷새가 훌쩍 넘도록 매일같이 이현과 술집 순례를 벌이고 있는 것이다.

덕분에 북궁창성의 위장은 근래 너덜너덜해졌다. 이현이 권하는 술을 받아먹고 토하고, 또 받아먹고 토하는 동안 속이 완전히 딴사람의 것처럼 변해 버린 것이다.

당연히 북궁창성은 중간에 멈추려 했다.

본래 술에 그다지 큰 관심이 없는 데다 글공부를 하는 군자가 음주가무에 빠지는 건 과히 좋지 않은 일이었다. 마땅히 경계하고 또 경계해야 할 일이라 할 수 있었다.

그러나 이현의 곁에는 항상 악영인이 있었다.

그의 빈정거리는 말투.

대놓고 무시하는 눈빛.

모든 것이 북궁창성의 오기를 불러일으켰다. 어떤 일이 있어도 악영인에겐 결코 무시당하고 싶지 않았던 것이다.

'…그렇게 오늘까지 이르렀구나! 무공 연마와 학문 모두를 내팽개치고 단지 자신의 자존심만을 지키기 위해 허송세월을 보내 버리다니! 무학의 길을 걷는 무인으로서도, 학문을 연마하는 군자로서도 스스로에게 떳떳하지 못하겠구나!'

내심 스스로를 꾸짖고 반성한 북궁창성이 소화영에게 엄한 눈빛으로 말했다.

"낭자, 향후 다시는 오늘과 같은 일이 있어선 안 될 것이오!"

"예?"

"이곳은 소생만 기거하는 곳이 아니오. 많은 학관의 학생들이 함께 생활하는 장소이니 낭자 같은 분이 오실 곳이 못 됨을 아셔야만 하는 것이오."

'어머! 날 걱정해 주고 있잖아?'

소화영의 눈이 촉촉하게 변했다. 북궁창성의 말을 곡해한 것이다. 자신이 원하는 방향으로 말이다.

북궁창성이 첨언했다.

"그러니 남들의 눈에 띄기 전에 내 방에서 나가도록 하시오! 굳이 남녀칠세부동석이란 말을 거론하지 않더라도, 굳이 세인들의 입방아에 오르내릴 일은 없지 않겠소?"

"예, 소녀 북궁 공자님의 말씀에 따르겠습니다. 하지만 그전에 이거……."

소화영이 품에서 주황색 단약 하나를 꺼내 북궁창성에게

내밀었다.

"그게 무엇이오?"

"…숙취 해소에 좋은 약입니다. 식사 전에 꼭꼭 씹어 드시면 속병을 예방하고, 머리가 아픈 것도 조금 나아지실 겁니다."

"고, 고맙소!"

여전히 숙취에 시달리고 있던 북궁창성이었다.

그는 언제 남녀칠세부동석을 언급했냐는 듯 얼른 소화영에게서 주황색 단약을 받아들었다. 이 미칠 것 같은 두통과 속앓이로부터 당장 벗어나고 싶은 마음이 그만큼 간절했던 것이다.

"꿀꺽!"

북궁창성이 바로 주황색 단약을 삼켰다.

그러자 그때까지 북궁창성을 물끄러미 바라보던 소화영이 살짝 고개를 숙여 보이고 방에서 물러나왔다.

얼굴에 여전히 아쉬움이 흘러넘쳤으나 아랫입술을 꼭 깨물고 참았다. 허벅지를 바늘로 찌르는 심정으로 북궁창성을 떠났다. 그에게 혹시라도 남녀칠세부동석의 뜻이 뭐냐는 질문을 받을 게 두려웠기 때문이다.

'그런데 글자 그대로 뜻풀이를 하자면 여자하고 남자는 일곱 살 때 한 곳에 있어선 안 된다는 건데…… 왜 일곱 살 때 그래야만 하는 걸까?'

어린 나이에 산적 떼에게 부모를 잃고, 천하를 떠돌다가 북궁세가에 들어온 소화영이었다.

다행히 무학에 재능이 있어서 곧바로 현 잠영은밀대주 북궁한성에게 무공을 전수받았기에 글공부는 크게 부족할 수밖에 없었다.

천자문 중 일부는 귀동냥으로 공부해서 문맹(文盲)은 아니나 유교에 대한 기본적인 소양은 거의 없다고 봐도 무방할 터였다.

하물며 그녀가 속한 곳은 무림!

그중에서도 남자들만 득시글거리는 북궁세가의 무투 부대인 잠영은밀대였다.

어려서부터 같은 부대원들과 거의 짐승처럼 함께 얽혀서 훈련하고, 작전하고, 전투를 벌여왔다.

이제 와서 느닷없이 남녀유별이니 남녀칠세부동석 따위의 말을 들어봤자 감흥이 있을 리 만무했다.

사실 그런 말이 있다는 건 대충 알았으나 여태까지 전혀 신경 쓰지 않았다. 무림과 동떨어진 민간의 예의범절 따위와 그녀의 삶은 항상 평행선을 그릴 뿐이었기 때문이다.

어찌 됐든 그녀는 잘생겼을 뿐 아니라 문재가 출중한 군자인 북궁창성에게 무식하단 말을 듣고 싶지 않았다. 그와 어울리는 요조숙녀이고자 했다.

그러니 위험은 피하는 게 상책!

오랫동안 칼끝 같은 잠입, 파괴, 은신의 삶을 살아온 잠영쌍위답게 그녀는 자신에게 다가온 위험을 재빨리 피했다. 남녀칠세부동석의 마수로부터 벗어난 것이다.

그때 여전히 미련이 남은 시선을 북궁창성의 거처에 던지며 머뭇거리는 소화영을 부르는 목소리가 있었다.

"여어! 소 소저!"

'쳇! 저 밉상은 정말 한시도 날 편하게 놔두질 않는구나!'

내심 혀를 찬 소화영이 북궁창성의 거처를 한 차례 더 바라보고 신형을 빙글 돌려 세웠다. 입가에는 어느새 북궁창성을 대할 때와는 완전히 딴판인 가식적인 미소가 묻어 나오고 있다.

"호호, 이 공자님, 설마 절 계속 몰래 따라다니시는 건 아닐 테지요?"

"내가 소 소저를 몰래 따라다닐 필요가 있나?"

"그럼 왜……."

"그냥 내가 부르기만 하면 소 소저는 냉큼 달려올 수밖에 없는데?"

"…그냥 용건이나 말씀하시죠!"

결국 가식적인 미소조차 사라진 소화영의 목소리에 가시가 돋자 이현이 말했다.

"북궁 사제한테 내가 준 단약은 확실하게 전달했겠지?"

"전했어요. 그런데 그 약, 위험한 건 아닐 테지요? 만약 북궁 공자한테 문제라도 생기면……"

소화영의 말이 채 끝나기도 전이었다.

후다닥!

북궁창성이 거처에서 맨발로 뛰어나와 측간을 향해 맹렬한 기세로 달려가기 시작했다. 양손으로 입을 막고 있는 게 중간에 토악질을 하는 걸 방비하기 위함임을 알겠다.

"…부, 북궁 공자님! 악!"

소화영이 대경실색해 북궁창성을 따라가려다 이현에게 뒷덜미가 붙잡혀 비명을 터뜨렸다.

버둥! 버둥!

이현이 손을 들어 올림에 따라 위로 몸이 살짝 떠오른 소화영이 공중에서 다리를 발발거렸다. 찰나간에 그런 꼴이 되어 버렸다.

이현이 말했다.

"북궁 사제에게 준 약효 때문이다. 큰 문제는 아니니까 호들갑 떨지 마!"

"무슨 약을 준 건데요? 왜 저러는 건데요?"

"그걸 내가 설명해 줘봤자 네가 알겠냐? 북궁 사제가 후일 너한테 크게 고마워할 테니까 앞으로 매일 저 약을 갖다 줘!

알겠어?"

"……."

소화영이 버둥거리길 멈췄다. 북궁창성이 후일 자신에게 크게 고마워할 거란 이현의 말이 머릿속에서 맴돌았기 때문이다.

'단순하긴!'

이현이 그 모습을 보고 내심 웃으며 소화영을 내려줬다. 그러자 그녀가 깜짝 놀란 표정으로 고개를 가로젓고 의심스러운 눈빛을 이현에게 던졌다.

"그래도 저한테 설명해 주세요! 만약 설명해 주지 않는다면 절대로 다시 이 공자님의 말을 듣지 않을 거예요!"

"그러든가."

이현이 별로 아쉽지 않다는 표정으로 신형을 돌려세웠다. 그러자 소화영이 안달을 내며 그를 따라붙었다. 반드시 그에게 설명을 듣고자 말겠다는 의지를 불태우기 시작한 것이다.

그러나 이현은 이미 저만치 걸어가고 있었다.

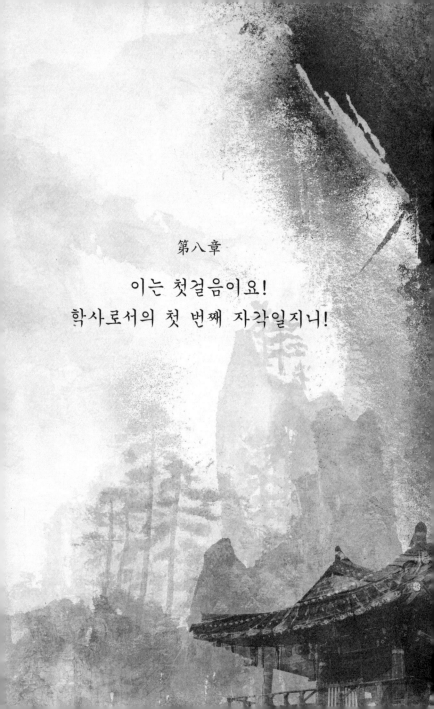

第八章

이는 첫걸음이요!
학사로서의 첫 번째 자각일지니!

휘! 휘!

그는 귀찮은 파리 쫓듯 따라붙는 소화영을 향해 손을 휘저어 보였다. 그리고 생각한다.

'지난 며칠간 북궁 사제의 몸속에 주독(酒毒)과 함께 내 현청건강기를 잔뜩 주입시켰다. 그동안 꾸준히 해준 추궁과혈로 단전 쪽에 몰아넣은 기경팔맥과 전신세맥에 퍼져 있던 만성독약의 기운을 중화시키기에 충분했을 거야. 그러니 이제 구토약을 계속 먹여서 주독과 내 현청건강기에 녹아든 만성독약을 꾸준히 몸 밖으로 배출시킨 후 예후(豫後)를 지켜보자. 과

연 내가 옳게 북궁 사제의 병증을 파악했는지 말야!'

북궁창성은 숭인학관에 입학한 후 이현이 가장 많은 신세를 진 사람이었다.

그가 없었다면 한참 늦게 시작한 만학도의 길은 무척 고단했을 터였다. 글스승인 목연에게 얼마 지나지 않아서 외면과 무시를 동시에 당했을지도 모르고 말이다.

그래서 이현은 그동안 꾸준히 북궁창성의 절맥증을 치료하기 위해 고심해 왔다.

중간중간 청양의 의원을 만나서 질답을 하면서 조금씩 북궁창성의 절맥증에 대한 해답을 찾아갔던 것이다.

물론 이건 어디까지나 이현이 북궁창성의 절맥증의 원인이 무엇인지 처음부터 알고 있기에 가능한 일이었다. 본래 만병의 치료법은 첫 시작이 무엇인지 원인을 파악하는 데서 시작되는 것이나 다름없었기 때문이다.

이현은 그래서 조금 의심이 들었다.

서패 북궁세가의 현 가주이자 북궁창성의 부친인 천풍신도왕 북궁인걸!

그가 진짜 둘째 아들인 북궁창성의 절맥증의 원인을 모르고 있었는지에 대한 의심이다. 과거 이현이 상대했던 북궁인걸은 천하제일세가라 불리는 북궁세가의 가주를 맡기에 결코 부족한 사람이 아니었다.

비록 만성독약에 중독되어 이현의 상대가 되진 않았으나 충분히 천하를 오시할 만한 고수라 할 수 있었다. 자신의 몸 상태가 꽤 오래전부터 정상이 아니란 걸 모를 리 만무했다.

뿌리 깊은 음모!

천하제일세가라 불리는 북궁세가를 좀먹어 들어가고 있었다. 어디까지 썩게 했을지 짐작조차 되지 않을 지경이었다.

그런 상황에서 북궁인걸은 자신 때문에 절맥증을 타고난 병약한 둘째 아들 북궁창성을 숭인학관에 유학시켰다. 명목은 북궁창성에게 학사의 길을 열어주기 위함이었으나 달리 생각해 보면 일종의 도피(逃避)가 아니었을까?

북궁창성!

이현이 눈여겨볼 정도의 기재다.

어쩌면 북궁인걸의 세 아들 중 가장 빼어난 기재를 타고났을지도 모른다. 천재적인 두뇌와 의지력, 천품이라 할 수 있는 인성까지 겸비한 아들이 더 있을 가능성은 희박하지 않겠는가?

즉, 북궁창성은 북궁세가주 북궁인걸이 가장 사랑하는 아들일 가능성이 컸다. 혹시 모를 북궁세가 멸망의 위험으로부터 어떻게든 지켜내고 싶을 만큼 말이다.

지나친 비약일까?

이현은 그렇지 않다고 생각했다.

목연과 북궁창성의 도움을 받아 그동안 이현은 제법 많은 경서와 고금의 고서를 접했다.

당연히 역사에 대한 식견이 과거에 비교할 수 없을 만큼 높아졌다고 할 수 있었다. 수천 년의 역사상 무수히 많은 왕조와 권문세족의 부침이 있었고, 그 속에서 엄청난 암투와 모략이 판을 쳤음을 이해하게 된 것이다.

단순한 앎이 아니다.

이해다.

목연과 북궁창성의 도움을 받아서 이현은 글자를 읽는 게 아니라 그 속에 담긴 이야기에 관심을 기울이게 되었다. 항상 고루하고 답답하게 느껴졌던 경서 속의 성인군자들이 어째서 그 같은 가르침을 후세에 남기려 노력했는지 이해하게 되었다는 뜻이다.

이는 첫걸음이었다.

학사로서의 첫 번째 자각이었다.

물론 여전히 이현에겐 큰 관심거리는 아니었다. 살짝 곁눈질 정도 하게 된 일이라 할 수 있었다.

하지만 그것만으로도 이현의 의식은 크게 확장되었다.

단순한 무공광!

오로지 무학의 경지를 높이고, 상대를 제압하는 데만 몰입

되어 있던 의식이 변화했기 때문이다.

그때 골똘한 생각에 잠겨 있던 이현을 향해 남운이 잰걸음으로 다가왔다. 그는 이현의 소개로 근래 전채연과 함께 숭인학관에 입학했는데, 항상 아침이 되면 불쑥불쑥 찾아오곤 한다. 이현의 사부(?)에 대한 정보를 얻기 위해 동정을 살피러 온 것이 분명했다.

이현이 손을 들어 보였다.

"여어, 남 사제! 아침부터 웬 일이야?"

"이, 이 사형… 근데 옆에 계신 소저는 누구신지요?"

남운이 아직 어색한 이현에 대한 호칭에 말을 더듬고 시선을 소화영에게 던졌다. 입학한 지 며칠이 안 된 터라 아직 숭인학관 사람들에게 익숙하지 못한 것이다.

이현이 소화영을 힐끔 곁눈질한 후 말했다.

"하녀다."

"누가 하녀예요!"

"아냐?"

이현이 퉁명스럽게 반문하자 소화영이 울컥한 표정으로 이현과 남운을 번갈아 노려본 후 후다닥 달려갔다. 주방 쪽으로 달려가는 뒷모습에 분함이 뚝뚝 떨어져 내리는 듯하다.

그러자 남운의 시선이 저도 모르게 소화영 쪽을 향했다.

'저렇게 예쁜 하녀분이 계셨구나……'

종남파에서 평생을 보낸 남운이었다.

한 번도 화장을 한 여자를 본 적이 없었다. 전채연을 비롯한 종남파의 여제자들은 화장이나 화려한 장신구를 패용하는 게 금지되어 있었기 때문이다.

그래서 남운의 눈에 북궁창성을 위해 열심히 꽃단장을 한 소화영은 흡사 절세미인처럼 보였다.

숭인학관의 주인인 목연을 처음 봤을 때와 비슷하달까?

그녀를 보고 굉장한 미녀란 생각에 놀랐는데, 소화영의 화장한 모습을 보자 눈이 크게 뜨이는 기분이었다. 남자로써 신세계를 만난 것이나 다름없는 충격을 느낀 것이다.

그렇게 소화영에게 얼이 빠져 있는 남운의 뒤통수를 이현이 세게 후려쳤다.

퍽!

"으헉!"

"도사가 되겠다는 녀석이 여색에 빠지다니! 그러고도 종남파 삼대의 대사형이라 할 수 있겠느냐!"

"그, 그런 것이 아닙니다!"

"아니긴 뭘 아니야! 눈에서 불똥이 떨어질 것 같구만!"

"……."

잠시 억울한 표정으로 이현을 바라보던 남운이 갑자기 고개를 갸웃거리며 말했다.

"그런데 이 사형은 어떻게 제가 도사가 되려 한다는 걸 아셨습니까? 그런 사실을 아는 건 종남파에서도 그리 많지 않은데요?"

"그건 사부님한테 들었다."

"사숙조님한테요?"

"그래, 예전에 내가 말했지 않느냐? 본래 나는 이가장의 먼 친척인데, 종남파에 입문한 사부님을 대신해 가문의 대를 잇게 되었다고."

"예, 그래서 사숙조님과 같은 이름을 사용하신다고 하셨습니다. 이가장의 혈손으로서 대과 준비를 하기 위해서 말입니다."

"제대로 기억하고 있구만!"

손을 내밀어 남운의 머리를 한차례 쓰다듬어 준 이현이 말을 이었다.

"그런데 몇 달 전 사부님이 숭인학관으로 날 찾아오신 거다. 비검비선대회에 혹시 참가할 수 없을 경우에 대비해 면벽 수련을 하며 얻은 심득을 전수해 주시러 오신 거지. 사부님에게 있어서 종남파의 숙적인 화산파를 비무에서 이기는 건 무엇보다 중요한 일이셨으니까."

"이 사형, 그럼 저에 대한 얘기는 그때 들으신 겁니까?"

"그래, 처음에 사부님이 이가장에 몰래 숨어들어 와 날 제자로 삼았을 땐 비무행을 하시던 시기라 무공을 전수받기만도 바빴으니까."

"아! 이 사형은 사숙조님이 출종남천하마검행 당시에 제자가 되신 거로군요?"

"출종남천하마검행?"

이현이 짐짓 모르는 척하자 남운이 엄숙한 표정으로 말했다.

"출종남천하마검행은 종남파의 제일고수이신 마검협 이현 사숙조님께서 천하를 상대로 비무행을 하신 걸 추앙하는 말입니다. 천하의 무림인들이 이현 사숙조님의 비무행을 주시했고, 그분의 연전연승에 환호했습니다. 근 백여 년 이래 종남파 제일의 쾌거라 할 수 있는 일이었지요."

"그렇군. 하지만 그래 봤자 천하제일인은 화산파의 운검진인이잖아?"

"이번 비검비선대회에서 그 천하제일인이 바뀔 것입니다! 최소한 저는 그리 믿고 있습니다!"

단호한 남운의 말에 이현은 문득 가슴이 뭉클해졌다.

여태까지 그는 혼자 싸우고 있다고 생각했다.

조사동에서 맛없는 벽공단을 씹으면서 분노했다.

자신 혼자에게만 종남파의 명운을 짊어지게 하고 밖에서 호의호식하고 있을 사형들에게 짜증이 난 것이다.

확실히 사형들은 그랬을지도 모른다.

원광 사형을 제외하곤 누구도 이현에게 정을 준 적이 없었으니까.

하지만 지금 눈을 빛내고 있는 남운을 보라!

조금만 생각해 보면 허점투성이인 자신의 말을 순진하게 믿고 있다.

반드시 비검비선대회에서 이현이 운검진인을 이길 것을 확신하고 있었다.

'하긴 남운 녀석의 유일한 장점은 이 고지식함이니까……'

내심 피식 웃어 보인 이현이 다시 손을 내밀어 남운의 머리를 슬슬 쓰다듬어 줬다.

"그럼 앞으로 나한테 잘해라!"

"예?"

"전에 사부님이 비검비선대회 전까지 돌아오지 않으시면 내가 대신 운검진인한테 도전해야 한다고 했잖아? 그런데 사실 나는 이가장의 명예를 걸고 이곳 숭인학관에서 대과 준비도 해야 해서 무척 바쁘단 말야."

"확실히 바쁘시겠습니다. 하나도 어려운 일을 둘씩이나 하셔야 하니까요."

"그래, 그러니까 너희들이 나한테 잘해야 하는 거야. 나는 바쁘고 또 바쁘니까 너희들에게 자잘한 일은 맡겨야만 하거든. 내 말 무슨 뜻인지 알겠어?"

"마, 맡겨만 주십시오! 사숙님께서 명하시는 일은 이 남운, 각골명심(刻骨銘心)하도록 하겠습니다!"

"너만으론 안 돼!"

"하면?"

"채연이란 아이도 네가 잘 구슬려서 말 듣게 해!"

"채, 채연 사매까지 필요하신 겁니까?"

"어."

"하지만 채연 사매는……."

"나도 안다. 장문인의 손녀란 걸. 하지만 문파에는 본시 위계가 있어야 하는 법이다. 내가 이곳 숭인학관에선 종남파 제일의 존장이니까 너희들 중 누구도 예외로 둘 수 없다!"

이현의 단호한 말에 남운이 잠시 고민하다 얼른 허리를 숙여 보였다. 존장이 하는 말에 복종하는 것이야말로 삼대 제자의 대사형 남운이 가장 잘하는 일이었던 것이다.

"예, 사숙님의 명에 따르도록 하겠습니다!"

"좋아. 그럼 첫 번째 명령을 내리겠다."

"하명하십시오."

"오늘부터 악무산을 따라다니면서 녀석을 돕도록 해. 내가 녀석에게 이것저것 시킨 게 많아서 아마 일손이 필요할 거야."

"예, 알겠습니다."

대답과 함께 신형을 돌리려는 남운을 이현이 불러 세웠다.

"그 전에 나한테 왜 온 거냐?"

"아! 다름이 아니라 채연 사매가 사숙님께 앞으로 어떤 식으로 저희들과 연무를 하실 건지 물어보고 오라고 해서 왔습니다."

'역시 고 계집애는 남운 녀석과 달리 호락호락하지 않군. 그래 봤자 부처님 손바닥 위의 손오공이겠지만.'

내심 눈을 빛낸 이현이 말했다.

"연무는 매일 자정에 숭인학관 뒷산에서 하도록 한다. 우리 종남파의 연공을 남에게 들켜선 곤란하니까."

"매일 자시. 뒷산에서. 그럼 채연 사매에게 그리 전하겠습니다."

"아니, 채연이 말고 남운, 너 혼자서 오도록 해."

"예? 하지만……."

"너만 오라고 했다! 채연이에겐 후일 따로 무공을 전수할 테니까! 알겠어?"

"…알겠습니다."

남운이 조금 힘 빠진 표정으로 대답했다. 이 말을 사매 전채연에게 전하면 필시 하루 종일 들볶일 게 뻔했기 때문이다.

그러나 본래 무공의 연무에는 합이란 게 있었다.

이현이 남운을 지목했으니, 아랫사람으로서 다른 의견을 낼 수 없는 건 지극히 당연한 일이었다.

* * *

인재당.

목연은 조금 놀란 표정이 되었다.

'이 공자가 수업이 시작도 되지 않았는데, 인재당을 찾아오다니……'

조금 당황스러웠으나 목연의 고운 얼굴에는 큰 변화가 보이지 않았다. 부친 대학사 목극연이 돌연히 사망한 후 숭인학관을 홀로 이끌어온 그녀를 놀라게 할 일이란 그리 많지 않았기 때문이다.

그러나 이번엔 달랐다.

그녀는 곧 진심으로 놀라고 말았다.

"…예? 이 공자, 다시 말해주시겠어요?"

이현이 말했다.

"오늘부터 정규 수업 외에 목 소저에게 따로 과외를 받고 싶다고 했습니다."

"그건 어째서지요?"

목연은 놀란 상태에서도 '평상시엔 수업 시간에도 제대로 공부한 적이 없잖아요'란 말을 덧붙이지 않았다. 그런 식으로 이현을 부끄럽게 하고 싶진 않았기 때문이다.

이현이 대답했다.

"이번 초시에 장원을 한 게 부끄럽기 때문입니다."

"무엇이 부끄럽다는 건지 물어도 되겠습니까?"

목연의 표정에 긴장이 서렸다. 이현이란 사람의 특성상 이번 초시에 혹시 부정행위를 했을지도 모른다는 생각이 들었기 때문이다.

만약 진짜로 그렇다면 어찌하는가?

근래 청양의 대화재를 수습하고, 초시에 많은 합격자를 냄으로써 올라간 숭인학관의 명성은 풍전등화나 다름없었다. 올랐던 만큼 빠르게 추락할 것이고, 그 후과(後果)는 생각 이상으로 클 게 분명했다.

이현이 말했다.

"이번 초시를 치를 때까지 소생은 제대로 공부하지 않았습니다. 급하게 북궁 사제의 도움을 받아 시험문제 풀이에 매달렸을 뿐 서책 안에 담긴 성현의 진의를 조금도 이해하려 하지 않았습니다. 그러니 이 어찌 학문을 수학하는 학사의 자세라 할 수 있겠습니까?"

"단지 그게 이 공자가 부끄러워하는 이유의 전부인가요?"

"또 있습니다."

"말해보세요."

"소생은 그저 대과를 통과하기 위해 숭인학관에 왔습니다. 그 외에는 어떤 것에도 관심을 두지 않았으니 이 역시 학사로서 부끄러워해야 할 일이라 생각합니다. 그래서 늦은 감이 있지만 이제부터라도 목 소저에게 의지해 다시 처음부터 제대로 된 학문의 길을 걷고자 합니다. 소생을 바른 길로 인도해 주실 수 있겠습니까?"

"......."

목연은 잠시 감격으로 상기된 얼굴을 한 채 이현을 바라보고 있었다.

숭인학관 제일의 골칫덩이!

수업은 만날 빼먹고, 숙제 역시 남에게 떠넘기기 일쑤!

가끔 놀랄 정도로 믿음직한 모습을 보이긴 했으나 대개 목연을 가장 많이 걱정시키던 이현이었다. 그만 생각하면 골치가 아프고 속이 울렁거리곤 했는데…….

'어느새 이렇게 훌륭한 학사의 자질을 갖추게 되었구나! 아버님의 말씀이 정말 옳았어! 세상의 만물은 모두 순수한 덕성을 품고 있으니 결코 어떤 이도 쉬이 포기하려 하지 말라던 말씀이 옳았던 거야!'

부친 목극연의 가르침을 떠올리며 내심 기쁨에 눈물을 흘린 목연이 천천히 고개를 끄덕여 보였다.

"이 공자님께서 바른 길을 걷고자 하시니, 미력하나마 제가 최선을 다하겠습니다!"

"감사합니다. 소생 역시 최선을 다하도록 하겠습니다."

이현이 목연에게 고개를 숙여 보이며 내심 씨익 웃어 보였다. 북궁창성 대신 새롭게 시험공부를 도와줄 사람을 구했기 때문이다.

이번 초시를 치루면서 이현은 절실하게 느꼈다.

단순한 문제 암기와 뻔한 해답!

그런 것으로 계속해서 대과의 남은 시험을 통과할 수는 없었다.

가뜩이나 공부를 좋아하지 않는 이현에게 그런 짓은 일종의 하기 싫은 노동이었다. 억지로 머릿속에 우겨넣을 수는 있으나 초시를 보기 전 벌어진 사태처럼 눈 녹듯 소멸해 버릴 수 있는 것이다.

이해!

무공을 익힐 때처럼 자신이 공부하는 분야에 대한 확실하고 확고한 이해가 필요했다.

몸에 착 달라붙은 것처럼 이해가 된 무공은 여태까지 단한 번도 이현을 배신한 적이 없었다. 학문 역시 마찬가지가 아닐까?

그리고 또 한 가지!

이현은 더 이상 북궁창성에게 의지할 수 없다고 생각했다.

본래 이현은 그와 함께 공부를 하며 적당히 시험 때 수를 마련해서 도움을 받고자 했다. 대과의 목적을 단순히 고모 이숙향과의 약속을 수행하는 것에 의미를 뒀기 때문이다.

무림인으로서 출종남천하마검행을 하는 동안 온갖 암수와 함정을 경험해야만 했다.

무력한 자의 정의?

그딴 건 우스운 일이었다.

세상의 이목이 집중된 비무는 물론이거니와 목숨을 건 싸움에서도 항상 승부의 여신은 정의 편을 들지 않았다.

무력한 자가 내세우는 정의는 모욕과 조롱, 멸시로 돌아왔다. 세상은 어디까지나 승자의 편이었고, 승자의 정의만을 인정해 줬기 때문이다.

그래서 이현은 점차 수단과 방법을 가리지 않고 이기는 데 집중하기 시작했다.

이기는 게 곧 정의!

이겨야만 살아남을 수 있다!

그 같은 생각으로 출종남천하마검행을 펼쳤고, 마검협이란 그리 명예롭지 못한 무명을 얻게 되었다.

그런 이현이기에 대과를 대하는 마음가짐 역시 비슷했다.

시험은 통과에 목적이 있다!

어떤 식으로 든 경쟁자를 이기고 시험에 통과하면 그만이다!

그렇게 생각했다.

그게 옳다고 생각했다.

하지만 북궁창성과 목연의 도움을 받아 시험을 준비하면서 점차 이현은 마음이 바뀌는 걸 느꼈다. 자신이 생각했던 것과 다른 세상이 있다는 걸 어렵사리 인정하게 된 것이다.

대과의 목표?

여전히 시험 통과였다.

그러나 달라진 점이 있다.

더 이상 부정한 방법을 통해 남은 대과를 통과하고 싶지 않다는 것이었다. 그게 무림인 이현의 자존심을 조금이나마 지키는 방법이라 생각했다.

그래서 그는 고심 끝에 북궁창성 대신 집중적으로 시험공부를 지도해 줄 사람으로 목연을 낙점했다.

북궁창성보다 훨씬 학문적인 소양이 높은 그녀에게 학문의 궁극적인 이해를 얻고자 했다. 그래야만 조금이라도 대과를 통과할 가능성이 높아질 것 같았기에.

'흐흐, 역시 목 소저는 순진해서 좋아! 나는 단순히 대과를 통과하려고 도움을 요청했을 뿐인데, 이렇게 감격을 하다니 말야!'

이현은 내심 웃음을 지어 보였다.

자신의 뜻대로 목연이 넘어갔다는 생각이었다.

하지만 그는 아직 목연이 어째서 감격했는지 모르고 있었다. 자신이 숭인학관에 온 후 처음으로 학문에 대한 도움을 그녀에게 구했다는 걸 말이다.

작지만 커다란 변화!

이현에게 일어났고, 목연은 그걸 놓치지 않았다.

*　　　　*　　　　*

이현이 본격적으로 목연과 용맹정진하게 시험공부에 임하고 있을 때였다.

악영인은 운칠과 함께 한껏 구슬땀을 흘리고 있었다.

마왕마적대 종자 출신들을 청양으로 이끌고 온 그는 이현의 도움을 받아 숭인상단을 만들었다. 이현이 유현장주에게 얻어낸 숭인학관의 사업체를 이용해 조직을 구성한 후 빠르게 멸망한 흑랑방의 흑도 업장을 흡수했다.

본래 흑랑방은 청양 일대 흑도의 정점이었다.

모든 흑도의 업장들은 하나도 빠짐없이 흑랑방에게 상납과 거래에 대한 승인을 얻곤 했다.

당연히 그 어느 곳보다 힘의 논리가 우선된다.

힘이 센 자들이 모든 것을 얻을 수 있는 구조였다.

그러니 흑랑방이 사라진 후 청양 흑도에 혼란기가 온 건 자명한 사실이었다.

본래대로라면 흑랑방을 멸망시킨 성원장 상단에 흡수당해 별다른 문제가 발생하지 않았을 터였다. 흑랑방을 멸망시킨 성원장은 충분히 그럴 만한 힘과 권력을 가지고 있었으니까.

하나 곧바로 성원장이 멸문지화를 당했다.

흑랑방과 똑같은 방식으로 청양에서 지워져 버렸다.

덕분에 성원장을 따르던 상단 조직들은 각자 도생에 들어 갔고, 청양 흑도계는 자중지란에 빠졌다.

무주공산이 된 청양 흑도계의 새로운 주인 자리를 차지하 기 위해 하루가 멀다 하고 피바람이 불게 된 것이다.

그 아수라장에 악영인이 끼어들었다.

휘하에 운칠을 비롯한 백여 명의 마왕마적대 종자들을 이 끌고서 단숨에 청양 흑도계의 분란을 종식시켰다. 그들이 추 종하는 힘의 논리를 그대로 들이대며 분쟁에 빠져 있던 청양 흑도 조직을 정리하고 숭인상단에 병탄시켰다. 순식간에 청양 의 상권을 장악하고 있던 삼대 세력의 빈자리를 숭인상단의 이름으로 채워 버린 것이다.

하지만 진짜 고생은 그때부터 시작이었다.

숭인상단!

만들 때까지는 참 좋았다.

화끈하게 싸움박질하던 흑도 애들 폭력적으로 교육 좀 시키고, 업장 역시 죄다 빼앗고 정리했으니까.

그런데 그다음이 문제였다.

관외의 전신 파천폭풍참 악영인!

동패 산동악가의 기린아라는 눈부신 배경과 명성을 제외하면 그냥 평범한 군바리였다.

사회생활이라고 해봤자 국경선 부근에서 활동하는 특수직 별동대인 혈사대 대주의 임무를 수행한 게 전부. 이현과 마찬가지로 무공에만 빠져 산 술 좋아하는 잘생긴 주당.

그게 바로 악영인의 본질이었다.

상단!

물건을 사고팔며, 이문을 남기고, 사람을 부리고, 그들의 삶을 유지시키는 거대한 세상 그 자체!

그런 걸 수행할 수 있을 리 없다.

단 한 번도 그런 걸 해본 적이 없고, 관심조차 기울여 본 적이 없었으니까 말이다.

그나마 다행이랄까?

그의 곁에는 운칠이 있었다.

좌수쾌검을 잃어버린 운칠은 온갖 고생 끝에 마왕마적대

대흥적의 부관이 되었다. 상당히 규모가 큰 마왕마적대의 살림을 꽤 오랫동안 맡은 경험이 있었던 것이다.

모든 부분에서 미숙하고 새로 시작하는 단계인 숭인상단에겐 그야말로 소금과 같은 자산이었다. 그 덕분에 숭인상단은 그럭저럭 조직의 체계나마 만들어낼 수 있었다.

하지만 운칠 역시 전문적으로 상단을 운영할 만한 인재는 아니었다. 흑랑방 휘하의 흑도 조직과 업장은 일단 힘으로 눌러놓긴 했으나 곧 여기저기서 동시다발적인 문제와 파열음이 일어날 게 뻔했다.

반드시 터지고야 말 휴화산!

현재 신생 숭인상단의 상황이었다.

숭인상단 집무실.

똑똑!

밖에서 문을 두드리는 소리가 들리자 산더미처럼 쌓여 있는 서류 더미에 얼굴을 파묻고 있던 악영인이 고개를 치켜들었다. 방금 전까지 무슨 일이 벌어지고 있었는지를 알려주려는 듯 이마에 서류 한 장이 달라붙어 있다.

"들어오시오!"

"예, 들어가겠습니다!"

문이 열리며 숭인상단의 총관 운칠이 들어왔다. 마왕마적대를 따라다닐 때보다 훨씬 얼굴이 핼쑥해졌다. 옷차림은 좋아졌지만 볼살이 빠지고 안색이 나쁜 게 그동안 그가 어떤 나날을 보냈는지를 짐작케 한다.

"상단주 대리님, 제가 살펴보시라고 올린 사업계획서는 다 확인하셨는지요?"

"아! 맞다, 사업계획서! 그런데 그게 뭐였더라……."

악영인이 뒤늦게 깨달았다는 듯 허둥지둥 서류 더미를 이리 저리 살펴봤다. 누가 봐도 완전히 당황한 상태란 걸 알 수 있 겠다.

운칠이 내심 한숨을 내쉰 후 말했다.

"아직 검토가 끝나지 않으신 걸로 알겠습니다."

"…미안하게 되었소. 그런데 사업계획서를 갑자기 너무 많 이 올리는 거 아니오?"

"숭인상단 내에 글자를 아는 자가 턱없이 부족해서 어쩔 수 없습니다. 일단 글자하고 숫자를 알아야 이번에 받아들인 흑랑 방과 유현장의 사업체 내역을 파악할 수 있지 않겠습니까?"

"글자를 아는 자가 그렇게 없는 거요?"

"예, 사실 제가 데리고 온 종자들 칠 할이 문맹입니다. 그 외에도 글자라곤 제 놈들의 이름이나 쓸 줄 아는 게 이 할이 나 되고요."

"그거 심각하구만. 형님이 쓰라고 보내준 학관 친구들이 둘 있지 않았소?"

"그 두 사람은 좀 쓸 만했습니다. 특히 남운이란 친구는 성실하고 글도 웬만치 읽을 줄 알아서 도움이 많이 되고 있습니다. 하지만 현재 우리 숭인상단에 필요한 인력은 그 정도로 해결될 사안이 아닙니다."

"그래서 해결책은 생각해 봤소?"

"역시 흑랑방에서 일하던 놈들이나 이번에 편입시킨 흑도업장의 주인들을 숭인상단에 끌어들여야만 할 것 같습니다."

"그건 안 된다고 했잖소! 그 빌어먹을 놈들이 여태까지 청양 일대에서 벌인 몹쓸 짓이 얼만데, 숭인상단에 끌어들인단 말이오!"

악영인이 화를 내자 운칠의 안색이 더욱 어두워졌다. 진짜심적으로 힘들어 보인다.

"하면 청양 상계에 대해 잘 아는 상인들을 끌어들여 주십시오. 근래 숭인학관의 명성이 청양 일대에 높아지고 있으니까 학관주인 목연 소저가 직접 나서주시면 더 좋겠구요."

"그건……."

악영인이 운칠에게 눈살을 찌푸리며 잠시 말끝을 흐렸다. 그의 정당한 요청을 처리할 방도가 쉽게 생각나지 않았기 때문이다.

그래서 그는 속으로 생각했다.

'…그냥 본가에 편지를 보내서 사람 좀 보내달라고 할까? 아니다! 그렇게 되면 북궁세가와 문제가 생길 수도 있으니까 아버님이 절대 허락하지 않으실 거야!'

완고하고 고집스러운 아버님!

생각만 해도 숨이 막혀 온다. 필시 자신이 지금 섬서성에서 하고 있는 짓을 보면 당장 산동악가로 돌아오라고 호통을 칠 게 뻔했다.

그러니 이 난국을 어떻게 해결해야 하려나?

고심에 빠져 있던 악영인이 갑자기 자리를 박차고 일어섰다.

"나, 잠깐 나갔다 오겠소!"

"혹시 술 드시러 가시는 건 아니겠지요?"

"내가 무슨 술 못 먹어 죽은 귀신이 붙은 사람인 줄 아시오!"

버럭 화를 내는 악영인을 운칠이 묵묵하게 바라보며 내심 중얼거렸다.

'스스로 찔리는 게 있구나!'

절대 입 밖으로 낼 수 없는 내심이었다.

과거 악영인이 박살 낸 마왕마적대의 참상을 두 눈을 통해 똑똑히 확인한 바 있던 운칠이었기에.

第九章

대막에서 온 사나이!

　숭인상단의 임시 총단으로 삼은 풍월루를 빠져나온 악영인
은 잠시 고민하다 발걸음을 관제묘로 향했다.

　본래 그는 숭인학관으로 가고 싶었다.

　그곳에 가서 이현에게 달라붙어서 술을 사달라고, 일이 너
무 힘들다고, 너무한다고 마구 떠들어대고 싶었다. 그것만으
로도 숭인상단을 만들면서 그동안 쌓인 심적 피곤함이 절반
쯤은 풀릴 것 같았다.

　그러나 근래 이현은 좀 변했다.

　이번 초시에서 장원이 된 게 계기가 되었는지 놀랍게도 공

부에 집중하고 있었다. 진짜로 대과를 본격적으로 노리기 시작한 게 분명하다.

그 점이 악영인은 마음에 들지 않았다.

이현만큼이나 그 역시 진성의 무골이었다.

있는 그대로 무인으로서의 삶에 만족하고 있었다. 아직 무학의 끝을 보지 못했기에 다른 쪽에 신경을 쓸 여지 따윈 없었고, 일말의 가능성조차 생각해 본 적이 없었다.

그럴 수밖에 없다.

본래 모든 게 그렇다.

최고의 자리!

그곳으로 오르는 길은 무척이나 어렵고 험난하다.

중간에 무수히 많은 유혹을 이겨내야만 한다. 같은 목표를 가진 경쟁자들과 치열하게 싸워야만 한다. 다른 쪽에 기울일 신경 따위가 있을 리 만무하다.

그래서 어떤 분야든 절대의 경지에 오른 사람들은 그 외의 것에 조금 둔감하다.

좋게 말한 거다.

무식하고 바보 같다는 표현이 더 옳을 터였다.

그만큼 자신의 분야에 모든 것을 쏟아부었기 때문이다.

그런 의미에서 악영인이 보는 이현은 무학적인 측면에서 최고의 경지를 넘볼 수 있는 사람이었다. 더 정확히 말하면 최고의 무인이었다.

화산파의 천하제일인 운검진인!

어렸을 때부터 계속 명성으로만 접했다.

산동악가의 최고급 고수들은 항상 운검진인을 자신의 무학적 목표로 삼곤 했다. 산동악가가 일반적인 무림세가가 아니란 점을 굳이 언급하며 아쉬워했다. 그 같은 이유 때문에 당장 화산으로 달려가 운검진인과 자웅을 겨룰 수 없다고 한탄을 하곤 했다.

다 헛소리다!

진짜 자신이 있다면 어찌 그 같은 말만 내뱉을까?

밤중이라도 말을 타고 산동악가를 출발해 화산으로 달려가 운검진인에게 비무를 요청할 것이지 말이다.

그러나 악영인에게 운검진인에 대해 떠들어대던 가문의 사람 중 누구도 그런 일을 감행하지 않았다. 입만 산 겁쟁이들이 산동악가란 그림자 속에 스스로를 가두고 당대의 천하제일인을 물고, 뜯고, 맛보고, 즐길 뿐이었다.

좌정관천(坐井觀天)이나 다름없다.

어린 시절 악영인에게 있어 산동악가의 최고급 고수들은 그렇게 느껴졌다. 우물 바닥에 앉아서 올려다보는 조그만 하늘이 전부라며 빽빽 우는 개구리에 불과한 것이다.

그래서 악영인은 자신이 직접 산동악가의 이름을 등에 짊어지고 천하제일인에게 도전하려 했다. 패배해도 상관없었다. 도전 그 자체에 충분히 의미가 있다고 여겼다.

하지만 그런 마음도 이현을 만난 후 완전히 고쳐먹을 수밖에 없었다.

압도적인 패배!

변명을 댈 수 없는 패배를 당했다. 천하제일인을 만나기도 전에 뜻이 꺾여 버리고 만 것이다.

그래서 악영인은 자신의 의지를 이현에게 걸게 되었다.

그가 천하제일인 운검진인을 이기는 모습을 보고야 말겠다는 생각을 했다.

그게 이현의 곁에 남은 이유였다.

진짜 목적이었다.

지극히 개인적이고 은밀한 또 하나의 목적도 있긴 했지만.

'그런데 요즘 형님은 재미가 없어졌어. 말로만 대과를 준비한다고 생각했는데, 목 소저하고 매일같이 밤늦게까지 글공부 따위나 하고 있으니…….'

생각만으로 마음이 울컥해진다.

이현이 진심으로 대과를 준비하는 게 싫은 건지, 목연과 함께하는 게 싫은 건지는 잘 모르겠다. 그냥 근래 전반적으로 이현의 모든 것이 악영인은 마음에 들지 않았다.

그러한 이유로 악영인은 숭인학관에 가고 싶은 마음을 거둬들였다.

근래 새롭게 사귄 술친구인 개방의 풍운삼개를 찾아가서 담소를 가장한 이현 뒷담화를 나누는 게 더 재밌을 거라 여겼다.

그런 식으로라도 근래 마음속에 자리 잡은 짜증과 정신적인 피로감을 풀고자 한 것이다.

그런데 악영인이 점차 걸음을 빨리해 개방 청양 분타인 관제묘 앞에 이르렀을 때였다.

움찔!

오랜만에 잔뜩 술을 마실 생각에 들떠 있던 악영인이 걸음을 멈췄다.

그 후 찾아온 전신의 경직!

악영인은 일시 손가락 하나 까딱할 수 없었다. 뭔지 알 수 없는 기운에 압도되어 몸 전체가 일종의 주박에 갇혀 버린 것이나 다름없이 된 것이다.

'미친!'

악영인이 내심 버럭 소리 질렀다.

기합의 폭발!

자신을 갑작스럽게 덮친 정체불명의 주박으로부터 벗어나

기 위해 그는 하단전에 잠들어 있던 내공을 몽땅 폭발시켰다. 맹렬한 기운을 임독양맥으로 솟구치게 해 단숨에 대주천을 이뤘다. 급박하게 내공진기를 몸속에서 순환시킴으로써 상단전을 개방시킨 것이다.

번쩍!

악영인의 눈에서 벼락같은 신광이 튀어나왔다.

상단전이 개방되면서 천지가 조화를 이룩한 것이다.

산동악가 비전 영현일기신공!

총 십 단계 중 구 단계에 도달한 자만이 보일 수 있는 상단전 개방을 악영인은 전개했다. 지금 이 순간 자신의 몸을 꽁꽁 묶어버린 주박을 깨부수기 위함이었다.

과연 효과가 있었다.

눈에서 신광이 일으킨 것과 동시에 악영인의 마비가 풀렸다. 손끝 하나 움직일 수 없었던 상황에서 완벽하게 벗어난 것이다.

슉!

당연히 그것만으로 끝일 리 없다.

곧바로 허리춤을 훑어 내리며 장창을 만든 악영인이 조심스럽게 발끝으로 지축을 차며 관제묘로 뛰어들었다. 자신에게 갑작스럽게 주박을 건 자에게 죄를 묻기 위함이었다.

쾅!

한차례 장창을 휘둘러 관제묘의 문을 산산조각 낸 악영인의 눈살이 살짝 찌푸려졌다.

'피 냄새! 설마 내가 너무 늦은 것인가?'

악영인의 생각대로였다.

그가 뛰어든 관제묘의 안은 온통 피바다였다. 어림잡아도 수십 명이 넘는 개방의 거지들이 몰살당한 채 바닥에 쓰러져 있는 것이다.

그리고 그 잔혹한 몰살의 중심.

한 사내가 쭈그려 앉아 있었다.

목이 반대편으로 꺾인 채 죽어 있는 개방 청양 분타주 위풍걸개의 시체를 손으로 건드리면서 말이다.

"이 자식!"

악영인은 버럭 소리를 지르며 수중의 장창을 곧바로 사내의 훤하게 드러난 등판을 향해 찔러갔다.

파아앙!

악영인의 일갈보다 더 빠른 창격!

순식간에 삼 장이 조금 넘는 공간을 가로지른다. 공간 자체를 응축한 것처럼 급격히 단축해 들어갔다.

악가신창술 무형쌍호난!

악영인의 장창이 무형의 날카로운 기경과 함께 사내의 등을 단숨에 찢어발겼다. 그로 하여금 어떠한 방식으로도 피할 수 없는 창격의 천라지망을 만들어낸 것이다.

슥!

그러나 다음 순간 악영인의 얼굴에 경악의 기색이 떠올랐다.

'내 무형쌍호난을 맨손으로 막아냈어?'

좀 더 정확히 표현하자면 막아낸 게 아니다.

우웅!

등을 드러낸 채 쭈그려 앉아 있던 사내는 손을 쑥 뒤로 뻗어서 악영인의 창두를 붙잡았다. 맨손으로 창강이나 다름없는 기세가 담긴 악영인의 무형쌍호난의 변화를 제압해 버렸다는 의미.

뿌득!

악영인이 어금니를 깨물었다.

이런 굴욕이라니!

용납할 수 없다.

전날 이현을 맞상대했을 때도 이 정도의 굴욕을 당하지 않았다. 내심 천하제일인에 도전할 만하다고 판단한 상대한테

조차 말이다.

패앵!

악영인이 순간적으로 창을 놓으며 손바닥으로 강하게 창대를 때렸다.

전(傳)!

기운을 창대로 전달한다!

륜(輪)!

창대를 진동시키며 회전시킨다!

격(擊)!

회전하는 창을 때려낸다!

악영인은 단 한 차례의 동작 속에 악가신창술의 비기를 세가지나 사용했다. 그가 관외에서 무수히 많은 피투성이 싸움을 거치면서 얻은 깨달음을 동시에 풀어낸 것이다.

그러자 장창의 창두를 붙잡고 있던 사내의 어깨가 크게 흔들렸다. 악영인의 악가신창술에 담긴 강력한 기운에 어깨의 축이 무너져 버렸다.

찰라 간의 변화다.

그리고 악영인에게는 그것만으로 충분했다.

격!

다시 다른 손바닥으로 창대를 재차 때려낸 악영인이 순간적으로 신형을 공중으로 띄워 올렸다.

파팟!

이어 서로 다른 양극의 기운의 충돌로 인해 만월처럼 휘어진 창대를 발로 짓밟는다. 강하게 발끝으로 차서 기운을 전달하고 더불어 신형을 더욱 높게 띄워 올린다.

티아앙!

악영인의 장창이 용수철이 무색할 정도의 탄성을 일으키며 사내를 향해 직격해 들어갔다. 앞서 이미 크게 진동을 일으키고 있던 사내의 손을 뿌리쳐 버린 것이다.

타악!

그 찰나의 순간을 놓치지 않고 공중에 떠올라 있던 악영인이 장창의 끝을 손으로 낚아챘다.

그리고 휘두른다.

슈아아아악!

무려 3차에 걸쳐서 기운이 중첩된 장창이 악영인의 손에서 풍차 같은 기경을 사방으로 흩뿌렸다. 방금 전까지 자신의 자유를 억압하고 있었던 사내의 몸을 포함한 관제묘 내부의 모든 사물을 절단해 버리려 한 것이다.

쿠우우우웅!

그 결과 관제묘의 상징인 무신 관우상이 요란한 굉음과 함께 두 토막이 나 무너져 내렸다.

주변에 늘어져 있던 병기대나 온갖 관우를 호위하던 신장들 역시 마찬가지였다. 하나도 남김없이 악영인의 장창에서 뻗어 나온 창강에 수수깡처럼 절단되었다.

그럼 사내는?

그는 어느새 신형을 이동해 절반으로 잘린 관우상의 밑동에 예의 자세로 쭈그려 앉아 있었다.

'생각보다 젊네?'

악영인의 눈매가 가늘어졌다.

방금 전 그가 펼친 일격!

참마광륜격!

악가신창술에 없는 기술이다.

적의 대병에 기습을 당해서 혈사대와 고립 당했을 때 난전 속에서 우연찮게 완성한 임기응변의 창격술이었다.

그만큼 악영인은 이 창격술의 장단점을 명확하게 인지하고 있었다.

이현 이후 만난 최고의 고수!

눈앞의 삼십 대 초반으로 보이는 구릿빛 얼굴의 이국적인 인상의 사내를 제압할 만한 위력은 없다는 걸 말이다.

'하지만 이 참마광륜격 덕분에 결국 내게 얼굴을 보여줄 수밖에 없게 되었군. 하하! 이후의 전개가 과연 내게 유리할지는

잘 모르겠지만 말야!'

악영인은 구릿빛 얼굴의 사내를 바라보며 내심 실소를 터뜨렸다.

천하는 넓고 고수와 기인이사는 모래알처럼 많다고 했던가?

틀린 말이 아니다.

관외를 벗어나 중원에 들어온 지 얼마 되지 않아 자신을 압도하는 초고수를 두 명이나 만나게 되었으니까.

물론 악영인은 이런 걸로 주눅 들 사람이 아니다.

까닥!

악영인이 고개를 살짝 흔들어 보이곤, 장창을 자신의 어깨에 걸쳤다. 여전히 전투적인 기세를 온몸에 철통같이 두르고 있었으나 표정만큼은 평온함을 회복했다.

조금 전의 일합 대결!

그로 인해 두 사람 간의 실력 차는 명백해졌다.

"개방의 거지 형씨들… 당신이 죽인 거요?"

"그래 보이나?"

"아니다?"

"아니라곤 하지 않았는데?"

구릿빛 얼굴의 사내가 두툼한 입술에 피식 미소를 매달자 악영인의 눈매가 가늘어졌다.

'이국적인 생김새에 어색한 말투! 역시 중원인은 아니로군? 하지만 그런 자가 어째서 개방 거지들을 떼 몰살시킨 걸까?'

악영인이 생각에 잠겨 있을 때 구릿빛 얼굴의 사내가 어깨를 한 번 으쓱해 보였다.

"농담은 그만둬야겠군."

"농담?"

"나는 대막에서 왔어. 이곳에는 초행이지."

'대막?'

말 그대로 넓은 사막이라는 뜻이다.

만주 지역 한복판을 동북에서 서남으로 뻗어가는 흥안령 산맥의 서쪽에서부터 시작하여 흑룡강성, 찰합이성, 외몽고, 신강성에 걸쳐 있는 고비 사막을 가리키는 말이기도 했다

즉, 악영인이 혈사대를 이끌고 활동했던 관외 지역보다 훨씬 멀리 떨어진 변방이라고 할 수 있겠다.

당연히 대막은 만리장성으로 스스로의 영역을 규정지은 중원의 입장에선 미지의 영역 그 자체나 다름없었다. 꽤나 오랫동안 중원에 들어선 제국은 장성이북에 대해서 외면해 왔기 때문이다. 자의든 타의든지 간에 말이다.

악영인은 내심 빠르게 대막과 관계된 무림 세력에 대해 떠올려 봤다. 눈앞의 구릿빛 얼굴의 사내 정도 되는 초고수를 배출할 만한 문파나 무맥(武脈)이 있는지 생각해 본 것이다.

그러나 그가 있던 관외에서도 대막은 너무 먼 곳이었다.

전설처럼 여겨지는 초원의 패자 청랑족이나 장백산에 산다고 알려진 백두선인 정도가 떠오를 뿐이었다. 대막을 오고 가는 상인들이 술자리에서 우스갯소리 삼아 지껄여 댄 얘기들밖엔 생각나는 게 없는 것이다.

'어찌 됐든 내 예상 중 하나는 맞은 건가?'

내심 고개를 갸웃해 보인 악영인이 구릿빛 얼굴의 사내에게 말했다.

"대막에서 이곳 섬서땅에는 무슨 이유로 온 것이지?"

"사람을 찾으러 왔다."

"사람을 찾아왔다?"

"그래, 내겐 하나밖에 남지 않은 혈육이라고 할 수 있겠군. 작은할아버님이니까. 한데 하필 가는 날이 장날이라고 이런 꼴이 되어버렸군."

"가는 날이 장날?"

"아! 내가 살던 곳에서 흔히 말하는 속담이야. 중원 식으로 말하자면 오비이락(烏飛梨落)이라고 해야 하겠군."

"그렇군."

천천히 고개를 끄덕여 보인 악영인이 주변에 흩어져 있는 개방 거지들의 시체를 살펴봤다. 그러자 관제묘 안을 가득 메운 피 냄새와 앞서 느꼈던 주박에 흥분해 간과했던 것들이 하나하나 파악되기 시작했다.

'개방 거지들의 피는 이미 상당히 응고가 진행되었다. 적어도 이들이 참변을 당한 지 반 시진 이상 지났다는 걸 의미한다. 게다가 개방 거지들의 주검은 지나치게 처참해. 한 명도 빼놓지 않고 난도질을 당해서 죽었는데, 저자 정도 되는 초고수가 이렇게 거친 수법을 사용할 것 같지는 않구나!'

관외의 전장에서 온갖 종류의 시체를 접한 바 있던 악영인이었다. 본래의 침착함을 되찾고 개방 거지들의 주검을 살펴보는 동안 이곳에서 어떤 식으로 살육이 이루어졌는지 어렵지 않게 파악하게 되었다.

그럼 이제 남은 건 한 가지뿐이다.

"형장을 의심해서 미안하게 됐군."

"사과하는 것이오?"

"일단은."

"일단은?"

"아직 형장을 완전히 믿는 건 아니란 뜻이오. 오늘 이곳에서 몰살당한 사람들 중에는 나와 호형호제하던 이들도 있었으니까."

"그래서 창격에 분노가 잔뜩 담겨 있었군?"

"분노가 담겨 있었다고?"

"응. 당신의 창격에는 분노가 잔뜩 담겨 있었어. 그래서 나는 살기를 억눌렀지."

"그건 무슨 뜻이오?"

"당신이 다짜고짜 날 공격한 게 여기 거지들이 몰살당한 것에 대한 분노 때문임을 눈치챘기에 반격을 가하지 않았다는 뜻이야. 그런 식으로 앞뒤 안 가리고 분노를 담아 공격하는 자라면 거지들을 죽인 자는 아닐 거라 생각한 거지."

'무공만 고강한 게 아니라 상당히 노련한 자로구나! 평범한 무림인은 아니란 거겠지?'

내심 눈앞의 사내를 새삼스럽게 바라보며 악영인이 말했다.

"만약 내 창격에서 분노를 발견하지 못했다면 어찌 됐을 것 같소?"

"죽였겠지. 나는 뒤에서 공격하는 자를 혐오하니까."

"지나치게 자신만만하군."

"지나치다곤 생각하지 않아. 나, 조준은 타인보다 스스로에게 엄격한 성격이니까."

"조준? 그게 당신의 이름이오?"

"응. 조준. 좋은 이름이지 않나?"

"나쁘진 않은 이름 같긴 한데……."

말끝을 흐리는 악영인을 보고 조준이 피식 웃어 보였다.

"대막에서 온 주제에 이름이 중원식이라서 놀란 것이로군?"

"…나는 본래 관외에서 한동안 활동했소. 광활한 초원과 사막 너머에 사는 다양한 부족들이 중원과는 다른 식으로 산다는 것쯤은 알고 있소."

"하하, 어쩐지 처음 만났는데도 묘하게 친근하게 느껴지더라니……."

'전혀 안 그런데?'

"…내가 이렇게 보여도 중원인이야. 적어도 절반은."

'혼혈?'

"그래서 성도 아버님을 따라 조씨가 되었지. 조상이 삼국지의 조자룡이라던가? 아니, 조조였나?"

'전혀 다르잖아!'

고개를 갸웃거려 보이는 조준을 향해 악영인이 속으로 버럭 화를 냈다. 그가 자신의 조상조차 헷갈려 하는 모습에 황당해진 것이다.

하긴 삼국지를 아는 사람이라면 어찌 촉한(蜀漢)의 오호대장 중 한 명인 상산 조자룡과 위(魏)의 왕인 간웅 조조를 헷갈릴 수 있겠는가? 두 사람은 원수나 다름없는 사이인데 말이다.

그래서 악영인은 의심했다.

눈앞의 조준이 그냥 조씨 중에 가장 유명한 사람의 이름을 조상으로 언급하고 있다고.

어찌 됐든 지금 중요한 건 그런 건 아니다.

"그래서 나보다 앞서 이곳에 온 조준 당신은 뭔가 발견한 게 있소?"

"약간은."

"그게 뭔지 말해줄 수 있겠소?"

"혹시 관(官)에 있나?"

"아니."

"말투가 관과 관련 있는 자의 것인데? 아! 관외에 있었다고 했으니까 관이라기보다는 병부이겠군? 하긴 방금 전의 그 창술, 꽤 대단했지!"

자기가 말하고 자기가 대답한다.

굳이 악영인에게 확인을 바라지 않는 걸 보니, 이미 마음속으로 결론을 내린 듯하다.

그게 악영인을 자극했다.

"날 병부 출신이라고 아예 확정 짓는 것이오!"

"전 병부 출신이라고 해야겠지?"

"전······."

"아닌가?"

"······."

악영인이 대답 대신 입을 다물었다. 말투는 제멋대로인 주제에 꽤 입이 맵다. 말싸움으로는 이기기 쉽지 않겠다.

슥!

그때 쭈그려 앉은 자세를 풀고 악영인이 부숴 버린 관우상의 밑동에서 뛰어내린 조준이 주변을 둘러보며 말했다.

"흉수는 내부인이야."

"내부인?"

"주변을 둘러봐. 오늘 죽은 거지들은 하나같이 별다른 반항 한번 해보지 못하고 죽었잖아?"

"그건 흉수의 무공이 무척 대단하거나, 독의 고수여서 그런 것일 수도 있는 것 아니오?"

"그건 아니지. 제아무리 대단한 고수라도 이만한 숫자의 무림인을 반격 자세도 취하지 못하게 죽일 순 없어. 최소한 저기 낭아봉을 쓰는 늙은 거지는 방어 초식을 펼치는 시늉 정도는 했어야 옳아."

조준이 손가락으로 가리킨 시체는 위풍걸개였다.

자타가 공인하는 개방 청양 분타의 제일고수!

주변에 풍운삼개의 시신이 보이지 않으니, 조준이 그를 지목한 건 지극히 합리적인 판단이라 할 만했다.

'그런데 진짜 풍운삼개 거지 형들의 시신은 보이지 않잖아? 이거 좋아해야 하는 건가?'

악영인은 조금 심난해졌다.

본래부터 개방 청양 분타주 위풍걸개와 풍운삼개의 사이가 좋지 못했으나 근래에는 상태가 더욱 심각해졌다. 그동안 유현장, 성원장 등에서 뒷돈을 받아 챙겼던 위풍걸개가 그들이 멸망한 후 다른 쪽으로 수입을 올리려 했기 때문이다.

그가 눈독을 들인 건 청양 대화재의 재건 사업이었다.

재건 사업에 모여든 각지의 성금과 관부의 재건 자금 중 일부를 개방의 이름으로 빼돌리려 한 것이다.

당연히 청양 재건 사업의 핵심인 숭인학관의 이현에게 그게 딱 걸렸고, 풍운삼개의 거센 반발을 야기시켰다. 가뜩이나 좋지 않던 사이가 불에 기름을 들이부은 것처럼 단숨에 악화되어 버렸음은 물론이었다.

풍운삼개와 술친구를 먹은 지 꽤 오래됐기에 악영인은 그 같은 저간의 사정을 잘 알고 있었다. 청양 분타 개방도들의 전폭적인 지지를 얻고 있는 풍운삼개가 분타주인 위풍걸개의 각종 비리를 수집하고 있다는 것도 함께 말이다.

'그런데 위풍걸개와 함께 청양 분타 거지들이 떼 몰살을 당했으니, 향후 풍운삼개 거지 형들의 처지가 곤란해질 수도 있겠구나! 그들이 위풍걸개와 사이가 좋지 않았다는 걸 말해줄 거지들이 청양에만 수십 명은 족히 넘을 테니……'

그때 잠시 생각에 잠긴 악영인에게 조준이 천천히 다가들며 말했다.

"그런데 이제 우린 이만 이곳에서 물러나는 게 어떨까?"

"갑자기 너무 조심스러워진 거 아니요?"

"너 때문이지."

"나 때문?"

"여기를 조사하는 동안 타인들의 출입을 막으려고 걸어놨던 명왕사신도를 네가 깨버렸거든. 그러니 이제 계속 이 도살극의 현장에 남아서 괜한 오해를 살 이유가 없어진 거지. 나는 작은할아버님을 찾으러 다니는 것만으로도 바쁘니까."

'명왕사신도? 갑자기 날 마비시켰던 주박을 말하는 거로군. 그러니까 무공만 고강한 게 아니라 괴상한 이역의 주술 같은 것도 사용할 줄 안다는 거지?'

세상 참 불공평하다는 생각이 든다.

누구는 태어나 여태까지 죽기 살기로 무공만 줄곧 연마했는데, 잡기에 관심을 가지고 이것저것 익힌 자들보다 약했으니까 말이다.

그때 고개를 살짝 옆으로 기울여 보인 조준이 다시 권했다.

"그럼 나는 이만 가보도록 하겠다. 계속 여기 남아서 뒤처리를 하고 싶다면 말리진 않으마."

"어딜 가려는 거요?"

"개방이 이렇게 되었으니 하오문이란 조직을 찾아볼까 한다. 중원에서는 이 둘이 가장 방대하고 많은 정보를 다룬다고 하더군."

"개방 분타가 있는 곳에 하오문이 활동할 수 있을 거라 생각하시오?"

"서로 경쟁하는 사이란 뜻이로군?"

슬쩍 미간 사이를 좁혀 보이는 조준의 모습에 악영인이 슬쩍 웃어 보였다. 그를 곤란하게 만든 게 꽤나 마음에 들었기 때문이다.

"날 따라오시오. 개방을 대신해 당신을 도와줄 곳을 아니까."

"그건 고마운 일이군. 그런데……"

잠시 말끝을 흐린 조준이 조금 깐깐해진 표정으로 첨언했다.

"…나 그다지 돈이 많진 않아. 대막에서 여기까지 오는 동안 가진 돈의 대부분을 써버렸거든."

"풋!"

저도 모르게 웃음을 터뜨린 악영인이 어깨를 으쓱해 보이며 말했다.

"그러면서 하오문을 찾아가려고 했소?"

"꼭 정보를 돈만 주고 사는 건 아니잖아?"

"그렇긴 하지만 하오문은 돈 안 되는 일에는 손대지 않는 걸로 유명하거든."

"그런가? 몰랐다."

'의외로 솔직한데?'

내심 고개를 갸웃해 보인 악영인이 여전히 웃음 띤 얼굴을 유지한 채 말했다.

"하지만 당신의 오늘 운수는 그리 나쁘지 않소."

"널 만나서인가?"

"맞소. 나는 돈을 받고 일을 하진 않거든."

"그럼 뭐로 일하지?"

"일단은……."

잠시 말끝을 흐리고 고심하는 표정을 지어 보인 악영인이 얼굴을 딱딱하게 굳혔다.

"…날 좀 따라다니도록 합시다."

"그러지."

조준이 고개를 끄덕여 보였다. 정말 의외로 말 잘 듣는 사람이다.

*　　　　　*　　　　　*

코를 박을 듯 서책을 들여다보고 있던 이현이 크게 기지개를 켰다.

온몸이 뻑적지근하다.

뼈마디 하나하나가 조각난 것처럼 아프고, 팔다리가 저리고, 머릿속에는 안개가 낀 것 같다.

'글공부란 거… 정말 힘들구나!'

솔직한 심경이다.

여태까지 대과 준비를 아예 하지 않았던 건 아니다. 어찌 됐든 숭인학관에서 목연의 수업을 계속 들었고, 그녀가 내주는 숙제 역시 그럭저럭 해왔다. 대부분 북궁창성의 도움을 받았지만 아예 손을 뗄 수 없게끔 목연이 계속 압력을 가해왔던 것이다.

그러나 그건 어디까지나 겉핥기였다.

진짜가 없는 행동이었다.

무학을 연마할 때와 같은 진심이 없이 서책을 접했고, 목연의 수업을 들어왔기 때문이다.

하지만 얼마 전 예상치 못한 초시의 장원이 되면서부터 이현은 달라졌다. 북궁창성을 이용해 시험만 통과하려던 마음을 버리고 그동안 외면해 왔던 서책속 의 성현들과 대면하기로 마음먹었다. 그렇게 하지 않고선 향후 치러질 시험을 통과할 가능성이 없다는 판단이었다.

하나 사람이란 게 그리 쉽게 바뀌는 게 아니다.

지난 보름 동안 목연에게 집중 과외수업을 들은 끝에 이현은 정신력의 상당수가 녹아내리는 걸 느꼈다.

평생 동안 심상수련을 하는 걸 제외하고는 언제나 몸을 움직여 왔던 터라 하루 종일 앉아서 서책을 읽고 강론을 듣는 게 고문이나 다름없었다. 무학 머리와 공부 머리는 결코 양립하지 않는 것이었다.

그러나 어쩌겠는가?

이미 이현은 마음의 결정을 내렸고, 그 결정을 돌이킬 방법은 전혀 없었다. 최소한 한 달 조금 넘은 후에 서안에서 치러지는 대과 2차 식년과가 끝날 때까진 쭉 목연과 함께해야만 하는 것이다.

　그때 목연이 식당에서 다과상을 들고 인재당으로 돌아왔다. 중간중간 간식 같을 걸 먹여야만 이현이 공부에 집중할 수 있다는 걸 그녀는 이미 간파하고 있었다.

　이현이 언제 따분함과 피로에 찌든 표정을 짓고 있었냐는 듯 환호성을 터뜨렸다.

　"우핫!"

　목연이 고운 시선으로 이현을 바라보며 말했다.

　"이 공자, 제가 내준 문제에 대한 답은 모두 구했나요?"

　이현의 안색이 굳어졌다.

　"아니, 그게 문제가 너무 어려워서……."

　목연이 미미하게 고개를 끄덕여 보였다.

　"역학(易學)이란 건 본래 혼자서 풀기엔 어려운 법이지요. 어려운 부분이 있으면 기탄없이 물어보도록 하세요."

　"…사실은 거의 전부라고 해야 할 것 같습니다."

　"전부요?"

　"예, 사실 저는 이 역학이란 걸 어째서 공부해야 하는지도 잘 모르겠습니다."

"하아! 그럼 처음부터 다시 시작해 보도록 하죠."

"그전에 그건……."

이현이 다과상을 곁눈질하자 목연이 고개를 저어 보였다.

"일단 역학의 기본이 되는 주역의 기본을 파악한 연후에 잠시 쉬는 시간을 갖도록 하겠어요."

'…쳇! 먹는 걸 가지고 치사하게!'

이현이 내심 툴툴거리면서도 목연에게 공손한 기색을 보였다. 혹시라도 그녀가 아예 다과상을 물려 버리면 자신만 곤란해지기 때문이었다.

그러자 목연이 문득 입가에 미소를 띠고 주역에 대해 설명하기 시작했다.

"본래 역학은 주역을 지칭한다고 알려져 있어요. 하지만 사실 역이란 단순히 주역만을 지칭하는 것이 아니라고 할 수 있어요. 제가 이 공자에게 내준 문제처럼 연산(連山), 귀장(歸藏), 주역이 3역(三易)이라 하며 중심이 된다고 할 수 있는 거예요. 물론 여기서 가장 중요한 건 주역이지요."

"……."

"그래서 역학은 시대적으로 내용을 달리해 가며 민간에선 점술 같은 거에도 많이 차용되었는데, 그 핵심은 천문, 역법(曆法), 의약 등을 총망라한다고 할 수 있어요."

'무공에도 큰 영향을 끼쳤지! 우리 종남파의 무공 중에도 역학의 변화를 차용한 게 몇 개나 있을 정도니까. 하지만 그것들은 좀 더 단순하고 명확하다구! 이렇게 복잡한 도형과 연산 같은 것 없이 말야!'

이현은 목연의 설명을 들으며 내심 인상을 구겼다.

맨 처음 역학 공부에 들어갔을 때 그는 내심 환호했다. 역학과 오행팔괘라면 그도 어느 정도 일가견이 있었다. 도가의 무공 중 상당 부분이 음양오행과 팔괘가 주축이 된 역학과 꽤 밀접한 관련이 있었기 때문이다.

그러나 그는 곧 자신이 완전히 오판했음을 인정해야만 했다.

종남파 무공에서 사용되는 역학!

극히 일부였다.

손톱 끝만큼의 변화에 불과했다.

진짜 역학의 광활함은 우주 그 자체나 다름없었다. 엄밀히 말해서 중원에서 발흥한 거의 모든 종류의 사상과 철학에 영향을 끼치고 있을 정도로 말이다.

하지만 처음부터 역학이 그 같은 위치를 차지한 건 아니다.

진(秦)나라의 분시서(焚詩書)에서는 주역을 점서로 보아 화를 면했고, 당나라의 국학에서 경전을 대경(大經), 중경(中經), 소경(小經)으로 분류할 때에도 주역은 소경으로 취급되었다.

그러니 이현이 배워야 하는 학문적인 역학은 송대에 이르러 주역을 13경의 으뜸으로 두게 만든 주자학과의 관련성이 크다 할 수 있다.

주자학은 주역이 종래 가지고 있던 신비적 요소를 지양하고 윤리적이고 합리적인 사유를 통해 역사상 이해를 구했다. 주술적인 점술을 억제하고 역학을 이론적, 합리성으로 접근해 들어간 것이다.

즉, 이 부분에서부터 더 이상 역학은 이현이 알지 못하는 미지의 영역으로 돌입했다고 할 수 있다. 무학과 전혀 관련 없는 송학(宋學)의 성립에 대해서 하나부터 열까지 외우고 익혀 나가야만 했다. 바로 지금처럼 말이다.

"…그렇기에 송학은 주역의 '역'과 '중용'을 바탕으로 형성되었다고 볼 수 있어요. 주자학의 기본이 되는 주요 문헌인 근사록(近思錄), 성리대전(性理大全) 모두 주역과 태극도설을 학술의 연원으로 삼고 있는 것이지요."

길고 긴 목연의 설명이 끝나자 이현은 천천히 고개를 끄덕여 보였다.

"과연!"

"이제 이 문제를 어떻게 접근해야 할지에 대해서 알겠나요?"

"전혀."

"전혀?"

"배가 고파서 전혀 생각이 나지 않습니다!"

"하아!"

목연이 이현의 일관된 태도에 한숨을 내쉬며 결국 두 손을 들었다. 뒤에 밀어놨던 다과상을 이현에게 밀어준 것이다.

"이 공자, 그럼 잠시 휴식을 취한 후 다시 설명하도록 하지요."

"우핫!"

이현이 다시 기운찬 환호와 함께 다과상 위에 놓여 있는 전병을 향해 손을 뻗어갔다. 만면에 깃들어 있는 순수한 기쁨. 누가 보더라도 진심 그 자체였다.

그런데 막 전병 하나를 손으로 집어 들려던 이현이 살짝 눈살을 찌푸려 보였다.

잠시뿐이다.

곧 그의 얼굴은 본래의 평온함을 회복했다. 전병 역시 마저 집어서 입으로 가져간다.

"우물우물… 헉!"

목연이 놀란 표정이 되었다.

"이 공자, 왜 그러시죠?"

"목 소저, 죄송하지만 잠시 나갔다 오겠습니다."

"예? 아! 그, 그러세요."

미간을 살짝 찡그려 보였던 목연이 이현의 심상치 않은 표정을 보고 얼른 고개를 끄덕여 보였다.

그가 자신이 만들어 온 전병을 먹고 탈이 났다고 생각한 것이다.

그러자 이현이 자리에서 일어나 뒤도 돌아보지 않고 인재당을 떠나갔다.

특별히 무공을 펼치지 않았음에도 움직임이 무척 빠르다.

순식간에 그의 모습은 인재당에서 사라졌다.

목연이 그 모습을 잠시 멍하게 바라보다 여전히 다과상에 잔뜩 놓여 있는 전병을 집어서 냄새를 맡았다. 혹시 더운 날씨에 상했으면 버리기 위함이었다.

'상한 건 아닌데……'

목연이 전병을 입에 넣었다.

오물오물 씹어 먹었다.

고소하고 맛있다.

언제나처럼 문제없는 그녀의 전병이었다.

그럼 이현은 왜 갑자기 탈이 난 걸까?

음식이라면 사족을 못 쓰는 이현이 무척 좋아하는 고기전병을 포기한다는 건 상상조차 되지 않는 일이었다. 그래서 목연은 전혀 의심하지 않았다. 그가 단단히 배탈이 났다는 것에 대해서 말이다.

第十章

칼날에 흠집 하나 남기지 않고 돌려주지!

스으— 팟!

인재당을 벗어나자마자 이현은 순간적으로 신형을 공중으로 띄워 올렸다.

부운신공!

그는 마치 보이지 않는 계단을 밟고 걷듯이 연속적으로 공중으로 뛰어올랐다. 하늘로 곧바로 치솟는 경공 중 가장 유명한 일학충천보다 훨씬 빠르고 높은 곳까지 도약했다.

휘릭!

그리고 한 차례 회전을 보인 이현의 손에는 어느새 불화살 하나가 붙잡혀 있었다. 누군가 숭인학관을 향해 촉에 불을 붙인 화살을 쏘아 보낸 것이다.

'삼십 장 밖? 평범한 궁수는 아니겠군!'

순간적으로 불화살이 날아온 방향과 거리를 가늠한 이현이 신형을 반대로 회전하며 가볍게 집어던졌다.

쉬악!

불화살이 날카로운 굉음과 함께 날아갔다. 본래 날아온 곳으로 족히 세 배는 더 강한 힘과 속도를 담아 돌아간 것이다. 마치 태어난 곳을 찾아서 돌아가는 연어처럼 말이다.

슉!

이현이 다시 부운신공을 펼쳐서 숭인학관으로 떨어져 내렸다. 날아올랐을 때와는 반대로 꽤 여유 있게 내려섰다. 경공술에 조예가 있는 고수라면 이게 얼마나 어려운 일인지 알아보고 경악을 금치 못했으리라.

그때 마치 기다렸다는 듯이 소화영이 이현에게 달려왔다.

하녀의 모습이 아니다.

한 손에는 장검, 허리춤엔 단검을 교차해 꽂아 넣고 있다. 잠영쌍위로 돌아가 완벽한 임전 태세를 갖춘 것이다.

"이 공자, 북궁 공자님은 어디 계신가요?"

"호들갑 떨지 마!"

이현의 차가운 일갈에 소화영이 움찔한 기색이 되었다.

이런 모습, 생경하다!

여태까지 그녀에게도 계속 자신의 진면목을 감추고 있었던 것일까?

경계하는 표정이 된 소화영에게 이현이 미미하게 고개를 흔들어 보였다.

"이제 와서 날 경계해서 어쩌려고? 설마 나와 싸워서 이길 수 있을 거라 생각하는 거야?"

"……."

"북궁 사제는 걱정할 것 없어. 어차피 단 한 명도 숭인학관에 기어들어 오지 못할 테니까."

"수, 숭인학관이 포위됐다는 걸 이미 알고 있는 거예요?"

"어."

"적들의 숫자가 상당해요! 근래 성현장과 흑랑방을 멸망시킨 자들과 동일한 세력이지 않겠어요?"

"그놈들은 아니야."

"예?"

"그렇게 호락호락한 것들이 아니라구."

"……."

"뭐, 그래 봤자 결과는 달라질 게 없으니까 너는 인재당에 가서 목 소저한테 내가 좀 늦어질 거라고 전하기나 해."

"뭐라고 변명하면 되는데요?"

"배탈이 너무 심해서 청양 시내로 의원을 찾아갔다는 정도면 될 거야."

"정말 그거면 충분한 거예요?"

"물론. 그리고……."

이현이 문득 생각난 듯 소화영에게 다가가 그녀의 손에 들려져 있던 검을 낚아챘다.

"아!"

"…검 좀 빌려 쓰도록 하지."

"그 검… 꼭 돌려줘야 해요!"

"별것도 아닌 청강검이구만."

"내 생일 때 동료들이 돈 모아서 마련해 준 검이라구요! 내가 지금까지 무척 애지중지했던 거니까……."

"깨끗이 쓰고 돌려주도록 하지. 칼날에 흠집 하나 남기지 않을 거야."

그 말과 함께였다.

슥!

순간적으로 은하유영비를 펼친 이현의 신형이 숭인학관에서 흔적도 없이 사라졌다.

'또 자기 할 말만 하고 가버렸네!'

소화영이 이현이 떠나간 자취를 눈으로 쫓으며 발을 동동거리다 묘한 표정을 지어 보였다.

항상 제멋대로인 이현.

그러나 지금 이 순간만큼은 꽤나 믿음직스럽다.

숭인학관이 정체불명의 무리에게 포위당해 공격을 당하기 직전인 지금 이 순간만큼은 말이다.

하지만 불안한 마음이 드는 것도 사실이다.

전날 사형이자 동료였던 은야검 성무령 역시 갑자기 무공을 전폐당하는 부상을 당하지 않았던가.

이현의 초인적인 무공 실력을 알면서도 소화영은 걱정이 되었다. 이번에 숭인학관을 포위한 자들은 과거 그녀가 데리고 놀던 흑랑방 무리 같은 삼류가 아니었기 때문이다.

"그래서 어떻게든 이 공자 혼자 가게 하지 않으려고 했던 건데……."

아쉬움이 담긴 중얼거림과 함께 소화영이 북궁창성의 거처를 향해 신형을 날려갔다. 그를 인재당에 데려가 목연과 함께 지키려는 의도였다. 이현의 당부대로 말이다.

잠시 후.

북궁창성의 거처 앞에 도착한 소화영의 얼굴이 지진을 만난 것처럼 흔들렸다.

"사형?"

북궁창성의 거처 앞을 지키고 있던 은야검이 소화영을 보고 씨익 웃어 보였다.

"화영 사매, 너무 늦었잖아!"

"어, 어떻게 이곳에 오신 거예요? 아니, 그보다 부상은 다 회복되신 건가요?"

"물론이지."

은야검이 왼손에 들고 있던 기다란 장검을 이리저리 흔들어 보였다.

예전과 달리 텅 비어 있는 오른손의 소매가 자연스럽게 펄럭이는 게 그가 당했던 심각한 부상을 일깨워 준다.

'게다가 은야검 사형의 몸에서 느껴지는 기운이 너무 미약하잖아? 역시 부상이 회복되었을진 몰라도 여전히 내공을 사용할 수 없는 게 분명해!'

재빨리 기감을 일으켜서 은야검의 몸 상태를 살핀 소화영의 안색이 어두워졌다.

그가 무공을 완벽하게 회복하지 못한 이상 큰 전력이 될 수 없다는 판단을 내린 것이다.

그러나 그녀는 곧 표정을 밝게 조정했다.

"마침 사형이 오셔서 다행이네요! 저 혼자서 북궁 공자님을 어떻게 호위할지 몰라서 고민하고 있었는데……."

"그럴 줄 알고 내가 왔지!"

"…그런데 사형 혼자서 오신 거예요?"

"응, 나 혼자야. 대주님께서는 북궁세가에 복귀한 후 갑자기 폐관수련에 들어가 버리셨거든."

'그래서 은야검 사형이 독단적으로 승인학관에 돌아올 수 있었던 거로구나! 그런데 대주님도 너무하시지! 은야검 사형이 그렇게 큰 부상을 당했는데 이렇게 아무렇게나 방치하다니!'

내심 직속상관인 잠영은밀대주 북궁한성에게 투덜거린 소화영이 진지해진 표정으로 말했다.

"사형, 솔직해 말해주세요. 과거와 비교해 현재 몇 할 정도 제 기량을 발휘하실 수 있나요?"

"십 할… 이라고 말하고 싶지만, 아직 나는 내공을 절반도 회복하지 못한 상태다."

"절반이나 회복했나요?"

"사실은 삼 할 정도……."

"그만해도 대단한 거예요. 사형은 단전이 완전히 박살 난 상태였으니까요."

"대주님께서 고생하신 덕분이지."

"예, 대주님 성격에 사형을 포기하시진 않을 거라고 저도 생각하고 있었어요. 하지만 사형을 죽음의 위기에서 구해준 사람은 따로 있어요. 그걸 모르진 않으시겠죠?"

은야검의 안색이 살짝 굳었다.

그는 줄곧 이현에게 좋지 않은 감정을 품고 있었다. 그가 뭔가 나쁜 의도를 품고서 북궁창성에게 접근했다고 생각했기 때문이다.

그래서 이현에게 구명지은을 입었다는 걸 인정하기가 쉽지 않았다.

사람이란 본시 한 번 굳게 믿고 있던 걸 계속 유지하려는 습성이 있고, 은야검 역시 마찬가지였다.

다만 그는 대주 북궁한성을 철썩같이 믿었다.

그에게 이현이 자신의 목숨을 구해줬다는 말을 들었기에 마뜩잖아도 수긍할 수밖에 없었다.

게다가 이현이 남겼다는 본국검해본은 아주 좋았다. 마치 오른팔을 잃어버린 은야검을 위해 만들어진 검법서처럼 몸에 딱 맞았다.

까닥! 까닥!

자신도 모르게 왼손에 든 검을 흔들어 보인 은야검이 묵묵하게 고개를 끄덕여 보였다.

"우리가 예의 주시하던 숭인학관의 이현 학사가 날 구해줬다는 건 대주님께 들어서 알고 있다."

"그 이현 학사가 북궁 공자님과 함께 목연 소저의 보호를 제게 부탁했어요. 한 몸으로 두 사람을 어떻게 호위해야 할지 몰라서 고민했는데, 마침 사형이 나타나셔서 다행이에요. 사형이 목 소저 호위를 맡아주시겠어요?"

"북궁 공자님을 너 혼자서 호위하겠다는 것이냐?"

"어쩔 수 없잖아요? 이건 우리 잠영쌍위의 임무니까요!"

"그렇긴 하다만⋯⋯."

"이건 사형에게 구명지은을 베푼 이현 공자의 요청이에요! 만약 사형이 이를 거절하시겠다면 제가 대신 갈 수밖에 없어요. 그렇게 할까요?"

"⋯아니다! 네 말대로 내가 목연 소저를 호위하도록 하겠다! 목연 소저는 어디에 계시냐?"

"목 소저는 현재 인재당에 계세요."

"그럼 내가 인재당으로 가마!"

은야검이 단단히 각오를 다진 표정으로 말했을 때였다.

갑자기 굳게 닫혀져 있던 방문이 열리며 북궁창성이 자신의 거처에서 모습을 드러냈다.

그런데 이게 어찌 된 일인가?

놀랍게도 북궁창성은 손에 목도를 들고 있었다. 평소 그가 북궁세가의 절세도법인 창파도법을 연마할 때 사용하는 목도와 함께 거처를 빠져나온 것이다.

"두 사람, 잠시 내 말을 들어주십시오!"

'앗!'

'허걱!'

소화영과 은야검이 동시에 놀라 얼음처럼 굳어버렸다. 그동안 은밀하게 호위하던 대상인 북궁창성에게 완벽하게 들켜 버렸다. 이제 어찌해야 할 것인가?

소화영의 대처가 은야검보다 빨랐다.

슥!

북궁창성 앞에 갑자기 부복한 소화영이 착 가라앉은 목소리로 말했다.

"북궁 이공자님께 고합니다! 소녀는 북궁세가의 잠영은밀대 소속 무사 월곡도입니다!"

"부, 북궁 이공자님께 고합니다! 속하는 북궁세가의 잠영은밀대 소속 무사 은야검입니다!"

은야검이 뒤늦게 따라서 부복하자 북궁창성이 검미를 살짝 찌푸려 보였다.

"하아! 두 분 그동안 고생이 많았습니다. 일단 일어서시지요."

"소녀, 북궁 이공자님의 명에 따르겠습니다."

"속하, 북궁 이공자님의 명에 따르겠습니다."

은야검과 소화영이 동시에 대답하고 자리에서 일어서자 북궁창성이 담담하게 말했다.

"두 분은 필경 여태까지 절 비밀리에 호위하고 있었을 겁니다. 그런데 오늘 이렇게 본색을 드러냈으니, 제게 중대한 위기가 찾아온 것일 테지요?"

"북궁 이공자님은 역시 명석하십니다! 현재 숭인학관의 주변에 정체불명의 괴무리들이 집결해 있습니다. 그들의 무력과 의도는 예측불허인 만큼 북궁 이공자님께서는 저희들과 함께 몸을 피하심이 옳을 거라 생각합니다."

"그럴 수는 없습니다."

"하지만 북궁 이공자님……."

"그럴 수 없다고 했습니다!"

재차 소리쳐서 소화영을 침묵하게 만든 북궁창성이 수중의 목도를 한 차례 바라본 후 말을 이었다.

"이곳 숭인학관에는 현재 많은 숫자의 동문들과 글스승이신 목 소저가 계십니다. 그들을 버리고 도망간다면 어찌 내가 북궁세가의 자제임을 자처할 수 있겠습니까?"

"……."

"그러니 두 분은 지금부터 숭인학관을 어찌 방어할지에 대해서 고민해 주세요. 나는 지금 당장 인재당으로 가서 목 소저와 동문들을 모아서 따로 대비책을 마련해 볼 작정이니까."

'사형! 북궁 공자님을 이대로 보내선 안 돼요!'

'나도 그렇게 생각한다!'

오랫동안 잠영쌍위로 무수히 많은 임무를 성공시켰던 두

사람이다.

한 차례 눈빛 교환만으로 서로 간의 속내를 확인한 두 사람 중 은야검이 갑자기 북궁창성을 향해 파고들었다.

북궁창성을 강제로 제압한 후 탈출을 감행할 작정을 한 것이다.

스파팟!

검을 바닥에 내동댕이친 은야검의 식지가 벼락같이 북궁창성의 마혈을 찔러갔다.

내공을 칠 할가량 잃어버린 상태였으나 노련한 무사답게 점혈법이 정묘하고 날카롭다.

그러나 그 순간, 북궁창성의 신형이 그의 앞에서 사라졌다.

"헉!"

그리고 순식간에 은야검의 뒤로 돌아 들어간 북궁창성의 목도가 그의 목에 대어졌다.

"계속할 생각이십니까?"

"부, 북궁 이공자님… 유성삼전도를 어찌 익히셨습니까?"

"나는 북궁세가의 직계 혈손입니다. 본가의 가전지학 중 하나인 유성삼전도를 알고 있는 게 당연하지 않겠습니까?"

"……"

은야검이 할 말을 잃어버리고 침묵하자 소화영이 주르륵 눈물을 쏟아냈다. 태어날 때부터 천형의 절맥증에 걸렸던 북궁창성이 절세의 신법인 유성삼전도를 익히기 위해 얼마나 큰 노력과 고생을 감수했을지 상상조차 할 수 없었기 때문이다.

슥!

그때 은야검의 목에서 목도를 떼어낸 북궁창성이 담담하지만 강렬한 기백을 담아 말했다.

"지금부터 우리는 인재당으로 갈 것입니다! 두 분은 내 명령을 따르시겠습니까?"

"명만 내려주십시오!"

"명만 내려주십시오!"

앞서와는 조금 달라진 표정으로 복명하는 잠영쌍위를 향해 북궁창성이 천천히 고개를 끄덕여 보였다.

"예, 지금부터 두 분을 내 수족처럼 생각하도록 하겠습니다!"

"존명!"

"존명!"

그 후 세 사람은 인재당으로 향했다.

*　　　　*　　　　*

스으— 팟!

이현은 공중에 떠오른 상태로 은하유영비의 속도를 한차례 더 가속시켰다.

그러자 그 속도는 공간 이동 그 자체!

공중에서 잠시 멈칫했던 그의 신형이 흡사 고무줄처럼 쭈욱 늘어났다.

진짜 그랬다는 게 아니다.

눈에 착시를 일으킬 만큼 빠르게 가속했다는 뜻.

그와 동시였다.

잠시 멈칫했던 이현이 존재하던 공간이 각종 암기로 난사를 당했다. 순식간에 수백 개가 넘는 화살과 특정할 수 없는 종류의 암기로 뒤덮였다.

그러나 늦었다.

이미 이현은 은하유영비의 가속을 통해 대지 위에 떨어져 내리고 있었다. 방금 전 숭인학관을 향해 불화살을 쏘았던 궁수가 있던 자리에 말이다.

그러자 순간적으로 날카로운 소성과 함께 족히 수십 개가 넘는 쇠갈고리가 날아들었다.

'호오?'

이현의 눈에 이채가 떠올랐다.

1차의 화살 공격!

2차의 암기 공격!

이어진 3차 공격까지 이현이란 사람을 완벽하게 파악한 것 같다. 그의 무공 능력을 철저하게 파악한 후 함정을 파놓고 기다린 것이다.

이게 가능한 일일까?

'신마맹이로군!'

이현은 전날 철목령주와 원광 사형 때문에 한차례 피투성이 싸움을 벌인 바 있던 신비 조직을 떠올렸다. 압도적인 무력 차이에도 불구하고 그들은 끝까지 전열을 흐트러뜨리지 않고 이현을 공격해 왔다. 동료들의 시체를 밟으며 절대로 뒤로 물러나려 하지 않았다.

그래서 이현은 그들을 모조리 죽이지 않기 위해 특단의 조치를 취해야만 했다. 그들의 명령체계를 먼저 부순 후 감정에 호소해서 결국 물러나게 만든 것이다.

마검협 이현!

정파인 모두가 고개를 절레절레 흔들 정도의 독심과 마검의 소유자인 이현에게는 평생 처음 있는 일이었다.

그만큼 신마맹이란 신비 조직과의 첫 조우는 그에게 꽤나 깊은 인상을 남겼다. 가슴속 깊숙이 그들에 대한 경계심과 호기심을 동시에 새겨 넣었다.

'하지만 신마맹이 이렇게 빨리 다시 손을 쓸 줄은 몰랐군.

내가 너무 쉽게 생각했던 것일지도 모르겠어.'

함정에 빠진 순간 이현이 떠올린 생각이다.

찰나간에 그는 이렇게 깊고 자기 반성적인 고뇌를 느꼈다.

자신의 나약함과 안이함에 관해서 말이다.

그리고 마음 깊이 다짐했다. 다시는 오늘과 같은 일이 없게 하겠다고. 그래서 이렇게 대놓고 함정에 빠지는 굴욕 따윈 되풀이하지 않겠다고.

촤륵!

촤륵!

촤르르르르르르륵!

소름 끼치게 귀를 긁는 소음들과 동시에 이현의 전신이 쇠갈고리에 마구 휘어 감겼다. 수십 겹이 넘는 쇠갈고리에 달린 쇠사슬에 전신이 꽁꽁 묶여 버린 것이다.

완벽한 결박!

누구도 빠져나오지 못할 포박이었다!

그러나 다음 순간이었다.

파창!

이현이 일으킨 은하천강신공이 은하수를 닮은 빛을 폭출시키자 그의 전신을 꽁꽁 묶었던 쇠사슬이 한꺼번에 박살 났다. 산산이 조각난 파편들이 폭풍처럼 사방으로 퍼져 나갔다.

"으악!"

"크악!"

"으아악!"

여기저기서 비명이 터져 나왔다.

어느새 그의 주변을 빼곡하게 포위하고 있던 일단의 붉은
색 무복 차림의 무인들을 박살 내버렸다.

하나 적의 숫자는 그것만이 아니었다.

"우아앗!"

"우아아앗!"

우렁찬 기합성과 함께 수십 개의 장창이 자유의 몸이 된 이
현을 향해 파고들었다.

평범한 장창수가 아니다.

창두(槍頭)에 깃든 시퍼런 기운!

창의 기세가 잘 벼려진 칼날을 뛰어넘는다. 일류 검객이 정
련해 일으킨 검기에 버금갈 만큼 날카롭고 강력한 기운이 장
창수들의 창두에는 담겨져 있었다.

'역시 참 잘 훈련됐어!'

이현의 눈매가 험악해졌다.

이런 경우, 처음이 아니다.

전날 신마맹의 신궁령주가 이끌던 마궁철기대를 상대하며
충분할 정도로 경험한 바 있었다.

평범한 무림인이라면 평생을 통해 한 번 만나기 힘든 일류

무인으로 이뤄진 최정예 부대를 또다시 맞상대하게 된 것이다.

평소 같으면 가상하게 생각했을 터였다.

이만한 무위!

이만한 정예!

쉽게 훈련받을 수 없고, 정련될 수 없다.

대견한 마음에 손속에 사정을 두고, 상찬의 말 역시 건넸을 수 있었다.

만약 저번에 마궁철기대를 만나지 않았다면 분명 그리했을 터였다. 그리고 꼴불견으로 함정에 빠지고, 이렇게 연속적인 공격을 허용하지 않았다면 말이다.

'하지만 인생은 실전이라고 했다! 네놈들에게 훈련과 실전의 차이를 오늘 내가 확실하게 보여주도록 하마!'

내심 마음을 굳힌 이현이 수중의 검을 가볍게 휘둘렀다.

사방! 팔방!

이현은 팔방풍우의 초식을 이용해 각 방향으로 한 차례씩 검을 휘둘렀다. 최하류 층의 무림인조차 알고 있는 초식으로 자신을 노리며 파고든 수십 개의 장창을 단숨에 수수깡처럼 잘라 버린 것이다.

당연히 그것만으로 끝일 리 없다.

슥!

검과 함께 앞으로 나선 이현이 반으로 조각난 장창을 들고 당황하는 장창수의 목을 잘랐다.

퍽!

참수된 장창수의 목이 하늘로 날아올랐다.

퍽!

이어 이현이 다시 검을 사선으로 휘두르자 부근의 다른 장창수의 가슴이 쪼개졌다. 일검에 심장이 절단된 것이다.

슥!

이현이 이동했다.

평범한 듯 보이지만 잠영보의 묘리가 담겨 있다. 그의 귀신같은 이동에 장창수들은 일시 혼란을 일으켰다.

갑자기 바로 코앞에 서 있던 이현의 모습을 잃어버렸기 때문이다.

퍽!

그때 이현이 다시 검을 휘둘렀다.

퍽! 퍽! 퍽!

연속해서 검을 휘둘렀다. 그렇게 자신에게 돌격해 들어온 장창수 전원을 척살했다. 한 치의 망설임도 없이 장창수들을 몰살시킨 것이다.

그러자 땅바닥에서 십수 개의 칼날이 튀어나왔다.

조금 더 정확하게 표현하자면 바닥을 굴러오는 십수 명의 도객이 휘두르는 칼날이었다. 그들의 칼날이 이현의 하반신 전체를 노리며 사방에서 덮쳐들었다.

'게다가 갈고리나 창을 쓰던 놈들보다 수준이 더 높군. 굳이 그렇게 병력을 배치한 건 이유가 있을 테지?'

내심 눈을 빛낸 이현이 발끝에 경력을 담아 바닥에 진각을 일으켰다.

쾅!

당연히 일반적인 진각이 아니다.

벽류인(碧流印)!

종남파의 인법 중 하나.

진각을 이용해 땅거죽 전체에 도장 찍듯 벽류인의 기운을 산개시켰다. 맹렬한 기운 자체를 땅거죽을 통해 사방으로 전이시킨 것이다.

그러자 이현을 공격해 들어오던 도객들 전체가 갑자기 벼락이라도 맞은 듯 온몸을 떨어댔다. 손에 들고 있던 도와 함께 바들바들 몸을 떨다가 마른땅 위에 늘어진 개구리처럼 철퍼덕 대자로 뻗어버렸다.

단순한 원리다.

지당도를 펼치며 굴러오던 도객들이 이현의 진각에 담긴 벽류인의 뇌기에 감전되었다. 느닷없이 벼락을 맞은 것처럼 감전되어 몰살을 당해 버리고 말았다.

그럼 이것으로 끝난 것일까?

잠시 이현은 자신에게 함정을 파고 1, 2, 3차에 걸쳐서 공격했다가 몰살당한 자들을 둘러봤다.

대충 육, 칠십 명 정도 되려나?

전날 이현이 혼자서 박살 냈던 마궁철기대의 숫자가 수백을 헤아렸던 걸 생각하면 너무 적은 숫자다.

숭인학관을 나설 때 그는 적어도 이들의 10배 정도의 숫자를 예상하고 있었다. 숭인학관에서 느꼈던 강렬한 기의 파장은 아무리 못해도 그 정도는 되어야 가능한 압박감이란 판단 때문이었다.

'내가 기파를 잘못 읽었을 리는 없고, 뭘 놓친 걸까?'

이현이 자신이 만들어 놓은 시체 더미 사이에서 잠시 생각을 정리하고 있을 때였다.

스으으!

다른 자들처럼 벼락 맞은 개구리가 되어 바닥에 자빠져 있던 도객 중 하나가 이현에게 파고들었다.

그의 사각으로 단숨에 파고들어 날카로운 칼날을 척추뼈 사이로 찔러 넣었다. 이 일격을 위해서 여태까지 살아온 것 같이 혼신을 다한 도격을 가한 것이다.

퓨슉!

그러나 그 순간 모습을 감춘 이현.

순간적으로 잠영보를 펼쳐서 사각 자체를 없애 버린 그가
자신을 암습한 도객의 목을 검으로 날렸다.

픽!

도객이 바닥에 무너져 내렸다. 이번엔 다시 부활할 수 없으
리라.

'이 한 수를 위해서 칠, 팔십 명이 넘는 정예 무사를 사지로
몰아넣었다는 건가?'

지독하다.

혐오스럽다.

조금쯤은 감탄스럽다.

이렇게까지 철두철미하게 준비하고 실행에 옮긴 살법(殺法)은
한 번도 경험해 본 적이 없었다. 과거 출종남천하마검행 당시에
사흘 밤낮 동안 싸웠던 중원 삼대 살수 단체 중 하나인 흑련사
조차 이 정도로 지독하지는 않았던 것 같다.

그때 이현을 향해 세 명의 복면인이 다가들었다.

천지인(天地人)!

3인의 복면인은 마치 본래부터 한 몸이었던 것처럼 동시에

움직여 이현을 중심으로 포진했다. 삼재의 방위를 점한 채 이현을 포위한 것이다.

그러자 이현이 복면인들을 살펴보고 씩 웃었다.

"드디어 진짜가 나타났군. 진작 이렇게 나올 것이지, 지나치게 뜸을 들였잖아?"

삼재 방위를 점한 복면인 중 한 명이 음울한 목소리로 말했다.

"그대는 고수다!"

"맞아."

다른 복면인이 말했다.

"하지만 오늘 그대는 죽을 것이다!"

"그렇게 되진 않을 것 같은데?"

또 다른 복면인이 말했다.

"우리 천라삼혈(天羅三血)이 그렇게 할 것이다!"

'천라삼혈?'

여유가 넘치던 이현의 안색이 슬쩍 굳었다. 과거 흑련사를 몰살시킬 때 이 이름을 들어본 바 있었기 때문이다.

흑련사! 천살각! 천라삼혈!

이현에 의해 흑련사가 몰살당하기 전까지의 중원 삼대 살

수조직이다.

그중 자타가 공인하는 최고 살수 조직은 천라삼혈인데, 그들은 단 한 번도 살행에 실패한 적이 없었다.

수백 차례의 살행을 모두 성공했고, 어떤 자에게도 꼬리를 밟히지 않았다. 살수계에선 신화나 다름없는 존재인 것이다.

이현의 눈가에 흉터를 만든 일격을 가한 흑련사의 주인 비정살수귀는 죽어가며 저주했다.

언젠가 이현이 천라삼혈을 만나 비참한 최후를 맞이하게 될 거라고 말이다.

'그리고 말이 씨가 된다고 이렇게 오늘 천라삼혈을 만나게 되었구만!'

이현은 내심 중얼거리며 고개를 가로저었다.

비정살수귀의 저주에 비해 눈앞의 천라삼혈이 그리 강해 보이지 않았기 때문이다.

오히려 조금 전 그의 사각 속으로 뛰어들어 일격을 가했던 무명의 도객만도 못해 보인달까?

분명 그랬다.

하나 곧 이현은 자신의 생각이 틀렸음을 인정해야만 했다.

스으! 스으! 스으!

순간 삼재진을 이루고 있던 천라삼혈이 움직였고, 세 명이 동시에 검을 이현의 몸에 꽂아 넣었다. 마치 삼두육비의 괴물

처럼 하나의 동작, 하나의 숨결, 하나의 내공흐름을 유지한 채
로 그리했다.

핏! 핏! 핏!

이현의 몸에서 핏줄기가 터져 나왔다.

협백(俠白).

천정(天鼎).

기문(期門).

정확히 세 군데다.

하나같이 목숨을 위협할 수 있는 중혈이자 사혈인 곳을 천
라삼혈의 검이 아슬아슬하게 스쳐 지나갔다.

한 치!

딱 그 정도의 깊이와 정확도만 겸비했다면 이현은 이번 일
격에 목숨을 잃고 말았을 터였다. 언제나와 같이 그의 몸을
철통같이 두르고 있는 현청건강기의 열세 겹 호신강기에도 불
구하고 말이다.

이현이 내심 감탄했다.

'굉장한데? 단순한 합벽검진 정도인 줄 알았더니, 세 명이
하나의 영혼을 가진 것처럼 움직이잖아? 게다가 손에 들린 건
하나같이 단금절옥의 명검! 제아무리 내 호신강기가 강력해도

저 정도 명검을 맨몸으로 감당할 순 없겠는걸?'

반면 천라삼혈은 조금 당황했다.

[어떻게 우리의 삼재멸신검을 피해냈지? 설마 우리가 실수를 한 건가?]

[아니다! 우리는 삼재멸신검을 정확하게 펼쳐냈다. 실수는 전혀 없었어!]

[그렇다! 우리의 삼재멸신검은 완벽했다! 조금의 실수도 없었어!]

[그렇다면 어째서 저자는 아직 살아 있는 것이지?]

[그건…….]

[…저자가 우리의 삼재멸신검을 피했기 때문이다! 마지막 순간에 우리의 공격을 조금씩 모조리 피해낸 것이다!]

[그럴 수가 있는가?]

[믿기 힘들지만 그렇게 했다!]

[그럼 삼재멸신검은 저자에게 파훼된 것인가?]

[그렇지 않다!]

[확실치 않다!]

[그럼 확인해 봐야만 한다!]

순간적으로 전설상의 전음법인 혜광심어처럼 서로 간의 마음을 나눈 천라삼혈이 다시 이현을 향해 삼재멸신검을 펼쳤다.

하나의 동작, 하나의 숨결, 하나의 내공 흐름을 유지한 채로
동일한 공격을 가한 것이다.

그러자 이현의 입꼬리가 슬쩍 말려 올라갔다.

'나한테 똑같은 공격을 가하다니? 죽고 싶어서 환장했구만!'

그 말대로다.

스파앗!

순간 이현의 검에 눈부신 광채가 서렸고, 곧 둥그런 원형을
이루며 사방으로 퍼져 나갔다.

대천강검법! 3초 천강회회!

이현이 익힌 검법 중 극강의 패도를 자랑하는 대천강검법
의 검강이 단숨에 천라삼혈을 쓸어갔다.

그들이 완벽하게 호흡을 맞춘 삼재진과 삼재멸신검 모두가
천강회회의 둥그런 원형 검강에 가둬진 채 패도의 폭풍을 맞
이했다.

털썩!

털썩!

털썩!

천라삼혈이 반토막 난 검과 함께 바닥에 쓰러졌다. 똑같은 수법을 이현에게 펼친 대가를 죽음으로 돌려받게 되었다. 여태까지 그와 생사결전을 벌였던 자들과 마찬가지로 말이다.

『만학검전(晩學劍展)』 4권에 계속…

초대형 24시 만화방

신간 100%, 샤워실, 흡연실, 수면실(침대석), 커플석, 세탁기 완비

■ 시흥 정왕25시점 ■

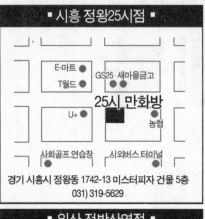

경기 시흥시 정왕동 1742-13 미스터피자 건물 5층
031) 319-5629

■ 강북 노원역점 ■

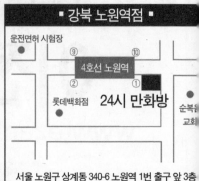

서울 노원구 상계동 340-6 노원역 1번 출구 앞 3층
02) 951-8324 (화용빌딩 3층)

■ 일산 정발산역점 ■

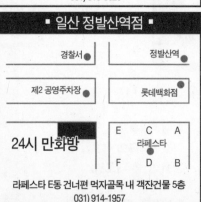

라페스타 E동 건너편 먹자골목 내 객잔건물 5층
031) 914-1957

■ 일산 화정역점 ■

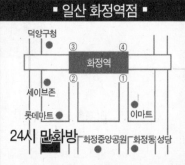

경기도 고양시 덕양구 화정동 984번지 서일빌딩 7층
031) 979-4874 (서일사우나 건물 7층)

■ 부천 역곡역점 ■

역곡남부역 기업은행 건물 3층
032) 665-5525

■ 부평역점 ■

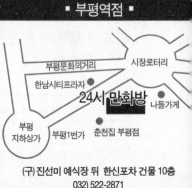

(구) 진선미 예식장 뒤 한신포차 건물 10층
032) 522-2871